敬畏學問

（增订本）

秦亚青 著

格致出版社 上海人民出版社

图书在版编目(CIP)数据

敬畏学问 / 秦亚青著. -- 增订本. -- 上海 : 格致出版社 : 上海人民出版社, 2025. -- ISBN 978-7-5432-3668-4

Ⅰ. I267.1

中国国家版本馆 CIP 数据核字第 202571A27Z 号

责任编辑 顾　悦
装帧设计 路　静
封面题图 赵汀阳
封面题字 赵德亮

敬畏学问(增订本)
秦亚青 著

出　　版 格致出版社
上海人民出版社
(201101　上海市闵行区号景路 159 弄 C 座)
发　　行 上海人民出版社发行中心
印　　刷 上海颛辉印刷厂有限公司
开　　本 850×1168　1/32
印　　张 10
插　　页 4
字　　数 175,000
版　　次 2025 年 4 月第 1 版
印　　次 2025 年 4 月第 1 次印刷
ISBN 978－7－5432－3668－4/I・241
定　　价 68.00 元

序

从2006年开始，陆陆续续写下一点小东西。写的时候多是不经意的，瞬间有了一个念头，也就随手记下来，没有字词的斟酌，也没有构思的设计。偶尔会拿出一两篇给家里的人和学生看一看，但更多的是自娱自乐。写完之后也就放在那里，直至今春到哈佛访学，有了一点闲，把这些零散的文章拿出来，重新看了一遍，也做了一番整理。

文章内容大致有两类。一类是对父亲的印象和记忆，一些琐琐碎碎的事情；另一类是求学教学的经历，一些零零星星的体会。回想起来，父亲一生对子女的最大希望和最高要求就是一个“学”字。他希望我们能够接受完整的教育，成为一个有学养的人；他要求我们一丝不苟地学习，以一种虔诚敬畏之心对待学问。记得无学可上的时候，他是那样的无奈；考上大学的时候，父亲比我自己还要激动；出国留学的时候，他更是满心的欢喜。父亲一生不爱钱，也没有钱，更不会教育孩子怎样挣钱，但他视书如珍宝，视知识如圣殿。他把一个“学”字深深地刻在了我的心里。

我很庆幸自己当了教师。十九岁开始教中学，三十岁开始教大学，一生都是与求学、教学、做学问联系在一起的。道路不可谓不坎坷，所学的东西许多也并非自己的选择，甚至不是自己的兴趣所在，但自己的命运总是和“学”连在一起，成为一种剪不断理还乱的纠结。求学在断断续续中得到了圆满，教学在挑战和承担中带来了愉悦，问学在煎熬和兴奋中不断冲击自己的体力和智力极限。在这种纠结复纠结的过程之中，体会到求学、教学、问学的酸甜苦辣，也体会到父亲当年教我们以敬畏之心对待学习的严厉和用心。

于是，我为这本小书取名“敬畏学问”。

目 录

2009年

2010年

2011年

2012年

2013年

2020—2025年

附录

2006年

信　封　　2006年1月

叫女儿写一个信封，排列不匀称，看上去自然不顺眼。是啊，现在的人都是用电脑，用电子邮件，用手机短信，用QQ交谈，信封已经很少用了。有时收到信，信封上也是用电脑打出来的地址、姓名，除了学生在教师节、新年、春节等节日里给我写的贺卡以外，几乎见不到手写的信封。即便是节日贺卡，也越来越多的是电子贺卡，不仅有色彩有图画，还有音乐和祝福的话。不过，我总是有些怀念手写的信封，因为手写的信封带着人气。

我父亲是一个爱写信的人。他平时很少说话，但写信总是十分及时。只要收到来信，最晚也是第二天就要回信的。他写信总是工工整整，字写得也很漂亮。尤其是信封，不但地址写得十分清楚，而且排列得非常协调，像一个五官端端正正的人。当时父亲用的都是白信封、蓝黑墨水，加上信封右上角的邮票，像是盖了印章的书法作品。

上小学二年级的时候，父亲开始让我写信。起初是从写信封开始的。有一天，父亲写完信，突然叫我写一个信封。我战战兢兢，第一次写信封，竟然不知如何下笔。父亲说写信封最重要的是排列收信人地址、收信人姓名和寄信人地址。这三行字如果排列好了，看上去就错落有致、妥帖顺眼，如果排列不好，字写得再好，也没有什么整体的美感。所以，信封最重要的是整体的美、协调的美、第一印象的美。我拿了一个白信封，在上面写地址。一笔一画，写完了信封。写得不好，自己看上去都不顺眼。父亲说不行，又拿出第二个白信封来让我写。一口气写了五个信封，父亲才说算了吧，反正是给你三姨写的信，三姨从小最疼你，也不会笑话你。

过了几天，父亲又叫我写信封。这一次，我反复揣摩，觉得可以了，就动笔写。可是父亲仍然不满意，有时天留太大，有时地留太宽，有时左右不对称。父亲在一边说，写信封要先在心里想好怎么写，怎么安排三行字，收信人地址有长有短，所以，每次的设计排列都不能一样。我一遍一遍地写，写到第八个的时候，父亲仍然不满意。

当时正是生活困难的年代。我们一家八口人，奶奶、姥姥、父母还有我们兄弟姊妹四个，靠父母的工资生活。

我奶奶当时一人住在老家无锡，父亲每月给她寄钱。我父母都是医生，家境不是最差的。但家里人多，三年困难时期也是常常挨饿。家里能卖的东西都卖了，父母的手表、呢子大衣等等。然后让我的一个表亲到农村买地瓜干、胡萝卜。姥姥舍不得吃东西，两条腿肿得像水桶。

父亲的信封都是我去邮局买的，一分钱一个，一沓十个。在我的记忆里，一毛钱当时是很大的一笔钱了。我看到一个一个的信封写废了，很心疼。我们上学用的铅笔三分钱一支，每学期用两支，平时写作业都是小心翼翼，生怕把铅笔芯弄断了。当铅笔削到不能再削的时候，就用一个硬纸做的笔帽套在铅笔上继续用，最后只剩下几乎捏不住的一点点铅笔头。我写完一个信封就抬头看看父亲，但他仍然没有让我停止的意思。

母亲在一旁说，已经写了八个信封了，快扔掉一毛钱了，就这样吧。我也感到十分内疚。父亲是家里的权威，母亲只是建议。所以我又抬起头看着父亲，他没有说话，丝毫没有放弃的意思。我只好再写，直到第十个信封。父亲似乎比较满意了，我也觉得比前九个看上去都要顺眼一些。父亲说，字是人的门面，信封是信的门面。再说，出手的东西，至少要做到自己能够做到的最好状态。连自己都不满意，别人怎么会满意呢？我没有说话，把写废的信封一个一个地收了起来，用刀裁开，留着做算术练习用。

后来，我一直记着父亲的话，出手的东西，至少要做到自己满意。在生活那么艰苦的日子里，父亲不惜浪费九个信封，可能就是要教会我这样的一个意念。

贺年卡　2006年1月

新年到了，桌子上摆了许多学生寄来的贺年卡。现在的贺年卡越做越漂亮，红红绿绿，多姿多彩。摆在桌子上，放在书柜里，有时，还扯起一根绳子，将贺年卡挂在上面，一串的喜庆。

其中有一张吸引了我的注意。这是一张自制的贺卡。纸很粗糙，我知道粗糙的纸现在是很时髦的，因为人们越来越追求自然，追求天然去雕琢的境界。培根说，简单最美。中国画的留白，后现代简单到无，都给人充满遐想的空间。翻开贺卡，是一个从前的学生，我已经忘记了她的样子，但名字仍然眼熟。上面只写了几个字，署名处还写着“老师肯定忘记了的学生”。

这些年，教了多少学生，我实在是记不住的，但很多都成才了。曾参加过几个过去学生的聚会，我知道他们都做得很好，尽管很辛苦，也有磨难。大家都很忙，联系很少。有几年一直收到健康类的杂志，但我自己并没有订阅。后来去邮局查询，才知道替我订杂志的是以前的学生。他甚至不想让我知道是谁做的这件事情。还有，教师节的时候，常常收到一些短信，问老师好或祝贺节日。下面往往没有署名，只有一个手机号码。大概他们也不想让我知道发信人是谁，只要有祝贺节日的信息就行了。

这几年电子贺卡和手机贺年越来越多，能动能说话能唱歌，但我总觉得比手写的贺卡少了些什么。我曾经与大学最好的一个同学约好，每年互寄一张贺卡，即便是不见面，也可以知道对方一切平安。后来，是我爽约，起因是女儿学校发起了反对寄贺卡的运动，说每一张贺卡都对环境形成了危害，不知多少树木要被砍伐，才能做出如此之多的贺卡。说得也对。停了一年，竟然就没有恢复。

贺卡还让我想起一件事情。那是我们一家三口刚刚回国的时候。女儿上小学。快到新年了，同学们都在给老师准备贺卡。有一天，我下班回家，看到女儿的五六个同学在我家，围着桌子比贺卡，看看谁给老师的贺卡更漂亮。等同学们走了，女儿便钻进自己的小屋里，一个晚上都没有出来，也不许我们进去。第二天一大早，女儿兴奋地将一张贺卡拿给我们看。她说这肯定是一张最有创意的贺卡。

这是她自己做的贺卡。女儿从小喜欢画画，五岁的时候在美国还得了一个画画的奖，奖品是四张参观游乐园的票。我们一家，还带上一个朋友，开车去了一个很大的游乐园。那是她第一次得奖，兴奋的样子和现在差不多。我看了看，贺卡上画满了各种各样的树和花，五颜六色的花树之间有一个小女孩，期望地看着什么。我说画得很好，老师一定喜欢。女儿高高兴兴地走了，比平时早走了二十分钟，说要在老师去之前就到办公室门前等她。

晚上下班回来，见女儿一脸的不高兴。我问她，她什么也没有说。吃晚饭的时候，她自己忍不住了，对我说，老师不喜欢她的贺卡。我问为什么。她说，老师说街上有那么多漂漂亮亮的贺卡，买一张能花多少钱，自己做的再好也没有买的漂亮吧。

我不知怎样回答。

今年，我还收到一封来自美国的电子贺卡，上面写着，老师很累，学生无法替代，只有多多读书。

钢　笔　2006年9月

教师节，学生送我一支钢笔，通黑的笔身呈流线型，上中下分镶三个金黄色的箍，笔帽的顶端是一个六瓣花形白色标记，在黑色的笔身上尤其显得醒目纯净。这是支名牌钢笔，一丝一毫都做得顺眼舒心。握在手里把玩，既有分量，又不失轻巧；摆在眼前打量，油黑的是雍容古典的气质，金黄的是深嵌乍露的精神。拧开笔帽，传统的笔尖，白体黄边，黄白相间，笔尖的底部刻着“14K”的字样，血统高贵，出身不凡。笔尖似乎是手工打磨的，精细无比。仔细端详笔端，忽然想起见丁肇中教授的时候，他说最精细的是人工做出来的活，最灵巧的是人的手。他的实验设备安装在航天飞机上，所用的电缆，任何精密仪器都做不出来，最后是英国工人用手一丝一丝打磨出来的。

这样好的笔，不用它写字，实在是有些暴殄人工。于是，吸满墨水，开始抄写《论语》。想象中笔走纸上，流畅淋漓。时而如行云，风走云端，雨洒云间；时而如流水，花飘水上，叶抚水面。骤然钝涩，凝万钧于一点；转而飞虹，化千结于几丝。子曰："人而不仁，如礼何？人而不仁，如乐何？君子无所争；人而无信，不知其可也。"写完一篇，取出几方闲章，随意印红一二。虽说钢笔加印，有些中西相交，但白纸黑字红印，闪着十分的精气神。

现在人们已经很少用钢笔了。有了各式各样的圆珠笔、一次性墨水笔，更有了可写可改可删可存的电脑，传统式的钢笔似乎已经被人们遗忘了。但是，我是喜欢钢笔的，特别是好的钢笔。笔通人气，用久了，就有了人的魂。所以，只有用心爱的笔，用心写出来的字，才是有灵魂的字。没有任何的目的和功用，只是为钢笔而写字，只是为写字而写字，才会写出人性闪烁、灵犀相通的字，才会是一种人的享受。

我父亲喜欢钢笔，也喜欢写字。他有一支很大的黑色金星钢笔，上面刻着他的名字，永远插在中山装的左上袋里。他是个医生，大多数医生是用桌子上的蘸水笔开处方，但他总是用自己的黑色大号金星笔。人们往往难看懂医生的签名，但父亲的签名总是十分工整，一目了然。他是当地颇有名气的医生，治好了很多人的病。三年困难时期，我们有一次偷偷地将父亲的笔拿去换了点吃的东西，没想到第二天就有一个中年人将笔送了回来。当时，这样一支金星笔是一件挺值钱的物件，那人当面将笔送到父亲手里，说，上面刻着秦大夫的名字，别人谁配用这样好的金笔。父亲谢他，他说父亲治好了他父亲的病。黑色的金星笔一直伴随着父亲，“文革”中不知去向。

母亲也有一支黑色金星笔，和父亲的是一对，形状完全一样，但要小一些，看上去少了几分阳刚，多了几分秀气，上面刻着母亲的名字。父亲同时买了这一对笔，并分别刻上了名字。母亲也是医生，但像大多数人一样，习惯用桌上的蘸水笔。所以，她的那支笔总是锁在抽屉里，偶尔拿出来，但也不是写字，而是看一看，擦一擦。母亲的笔一直保存得很新很好。后来，我到外地上学，母亲将这支笔送给了我，高考的时候我就是用这支笔答卷的，并且一直用到上完大学。现在，我还保存着这支笔，时间长了，笔已经破旧，原配的笔帽遗失了，吸墨水的橡皮胆也没有了，但笔尖仍然金黄，黑色的笔身上面母亲的名字仍清晰可见。

其实，父亲还有一支笔，但他舍不得用，一直锁在抽屉里。那是一支派克笔，深灰色的笔身，亚金色的笔帽，十分雅气。这支笔是父母结婚的时候，大舅舅送的礼物。父亲一生自学苦学，大舅舅喜欢他的学习精神，所以专门从上海买回这支笔送给他，价格一定不菲。我小的时候，只见过这支笔几次。父亲兴致很高的时候，才会取出来抄一两首古诗。“文革”的时候，他写了几纸箱的检查，用的都是他的黑色金星笔。他大概把这支派克笔藏在一个很秘密的地方，红卫兵抄家也没有发现。“文革”之后，金星笔没了，他便把这支笔拿出来用。1986 年，我去美国留学。当时，家里没有电话，其他通信工具更是没有，靠的仍然是写信，一封信在跨洋路上最少也要十天。父亲一生喜欢写字写信，也从不拖欠别人的信债。我到美国后，父亲每个月给我写一封信，从不间断，用的就是这支派克笔。

真正在外，才感到家书抵万金，看着父亲的信，也想起他一生钟爱的笔。当时他身体已经很不好了，最后的几封信中，笔头已见颤颤巍巍。忽然有一天，我接到的不是父亲的信，而是哥哥写的信。哥哥在信上说，父亲眼睛看不见了，以后就由他代替父亲给我写信。1987 年 10 月回国，才知道父亲就是那时去世的。母亲和哥哥姐姐们决定不告诉我，只是为了让我不要分心，完成学业。父亲给我写的最后一封信是 1987 年 1 月 21 日。后来，我没有再见到他的那支派克笔。有一次偶然问起，母亲说可能是送给了跟父亲学医的一个学生。

我喜欢钢笔，在别人都用新式笔的时候，我仍然喜欢用传统的钢笔，如能偷得一点闲暇，便用喜欢的钢笔抄几行《论语》、《孟子》、唐诗、宋词，或是胡乱写一点什么意义也没有的东西。

记忆中的父亲　　2006 年 10 月

父亲是个医生。他不苟言笑，话也很少，在孩子们面前总是很严肃，和我们保持着一定的距离，交谈也多是说一些学习方面的正经话题。没有事情的时候，他喜欢一个人坐在那里看书或是写东西。我们兄弟姊妹四人，除了二姐之外，见到父亲都有点畏惧。二姐比较受宠，是因为她学习好，考试一向得高分，父亲喜欢学习好的人，对二姐便有点放松。父亲的权威是绝对的，他在的时候，家里总是十分安静，大家都会默默地干着自己该做的事情。

我十六岁就离开家了，大姐和大哥也都在外地工作，家里只有父亲母亲和二姐。二姐结婚生子之后，女儿也放在父母家。1977 年，我和二姐都考上了大学，家里便只剩下父母和二姐的女儿。我在济南上学，父母仍在博山，虽然离得很近，但当时交通条件不好，经济条件也有限，只有在寒暑假才能回家一次。在济南站花两元六角钱买一张票，在特别慢的慢车上晃荡四个多小时，途经无数个小站，火车就到了博山。

二姐上大学的时候已经结婚，放假就到自己的小家，孩子有时候带走，有时候留在父母这边。寒假的时候，大姐、大哥、二姐会回来过年，一家人在一起吃年夜饭、放鞭炮，十分热闹。老家的习惯是年前集中做饭，蒸好几笼屉的馒头、包子、花卷，做好酱肉、酱鸡、酥鱼锅、豆腐箱，炒好青豆、萝卜、咸菜，总之，把半个月的饭菜都做好，然后装在缸里盆里，封好了放在室外结冰的地方，取出来热一热就可以吃了，正月十五之前都不用动大火大灶。哥哥姐姐们各自有工作有家有孩子，住个几天也就走了。只有我上大学的时候还没有成家，会和父母过一个完整的假期。有一年寒假，大哥大姐过了春节就回去了，二姐带着女儿和丈夫一起回上海婆家，博山家中只有父母和我。当时父母都已经退休，白天的时候，四合院的邻居们都上班，只剩下我们三人，吃过早饭，我和父亲沏一杯茶看看书，母亲去买菜……我至今仍然保留着父亲沏茶用的瓷杯，看到它，就想起那段安安静静的平和日子。

北方的冬天很冷。当时黄河以南没有暖气，学校宿舍像冰窖，晚上懒得倒掉的洗脸水、洗脚水，第二天早上便结上一层冰，早上大家都赖在被窝里直到最后一刻，被窝外面的世界太冷了。回到父母家里，虽然没有暖气，但有煤炉取暖做饭，感觉暖和多了。有的时候，母亲会在炉子上煮一大锅花生，加上八角大料，从锅里飘出热气和香气，把窗子玻璃罩上一层水雾。三个人围坐在火炉旁吃花生，母亲会说起姥姥、三姨、四姨，父亲还是沉默的时候多，偶尔插一两句话。

有一天早上，我很晚才醒过来。睡眼惺忪地看到父亲坐在床边，手里拿着我那件黑色的棉袄，一针一线地缝着什么。我感到十分诧异，长到二十多岁，从来也没有看到父亲做针线活。其实，母亲也很少做针线活，她是妇产科医生，工作占去了主要的时间和精力。不过毕竟有时会看见母亲缝缝补补，那年头很少有人穿不带补丁的衣服。但父亲做针线活是根本不可想象的事情，他从来就是一个典型的中国传统父亲形象，工作一丝不苟，即便在家里，行为也是中规中矩。

父亲很专心，戴着眼镜一针一线地缝，正面反面地看，没有注意到我已经醒了。他的头发已经全白了，脸上也结了一些黑褐色的老年斑，时而会咳嗽一声，那是他从年轻就有的习惯。我看到他正在给我的黑棉袄缝扣子，身边有一团黑线，一把剪刀。父亲不是一个手脚灵活的人，一生也不喜欢运动，干起活来样子很笨拙，甚至有点滑稽可笑。母亲说，别看你父亲手拙，但做起手术来很少有人比得上，就连缝合刀口，他也经常自己动手。他处理的刀口，愈合快，只留下很淡的疤痕。所以不少病人和家属会要求父亲亲自缝刀口。看着父亲做针线活，也确实是笨手笨脚，有的时候会把棉袄反过来调过去看好几遍。扣眼很小，他的眼和手都显得很费气力。

他缝完一个扣子便会使劲地拽一下，看看是不是缝牢了，然后再缝下一个。突然，他看见我醒了，正盯着他看，就说，你的棉袄上一个扣子松了，我给你缝紧，顺便把其他几个扣子也都缝牢一点，不然很容易掉。我没有说话，突然之间，父亲露出一点不好意思的神情，同时又添了一句，反正我也没事，缝扣子比缝刀口还是容易得多。

我接过棉袄，每一个扣子都缝得结结实实，正面反面都是对称的十字花针脚，在塑料的扣子和厚厚的棉袄之间，棉线稍稍留长，扣子和棉袄之间就有了一点点的空隙，这样穿起来十分容易，再厚重的棉袄也不会有难扣的感觉。收针的地方一丝也看不出来，全部藏在反面的十字花针脚底下。我的眼眶湿润了，父亲是用外科手术缝合的工夫来给我缝一件棉袄的扣子。

黑棉袄早就没有了，但父亲缝扣子的样子却永远地留在了我的记忆之中。

2007年

趵突泉　　2007 年 2 月

听说这两年济南的水多，干涸多年的泉城又有了水，春节回家探亲期间，便抽空去了一趟趵突泉。

趵突泉是济南七十二泉之首，人们为它专门修了一个园子，园里集古今名人雅士的楹联、诗文、墨宝，文化气韵缠绵萦绕。公园的正门上是乾隆钦题的“趵突泉”三个大字。泉边立一石碑，上面有胡缵宗书写的“趵突泉”，青石绿文，十分醒目。后来的许多名士也纷纷题字留诗，但直书“趵突泉”三字者，除了乾隆和胡缵宗，就是郭沫若了。郭沫若的题字放在公园的东门。三人的字都很好，却好得不同。乾隆的字飞扬跋扈、俏秀隽美，风流中透着坚挺；胡缵宗的字中规中矩、苍劲有力，浑厚中透着古朴；郭沫若的字无拘无束、行云流水，怪异中透着圆滑。当然，有人集赵孟頫墨宝，也成“趵突泉”三字，置于北门之上。

其他人的字散落在各个建筑上面，有匾额，有楹联，有诗文。有的是集古代大家的字，如王羲之、米芾、赵孟頫、苏轼等；有的是古代名士的题词，如郑燮、刘墉、龚葆琛；更多的是当代名人的书法，如齐白石、启功、李可染、李苦禅、范曾、刘海粟、刘炳森、欧阳中石等等。趵突泉是一个文化集萃的地方，这么多名人的题字赋诗，多是赞颂趵突泉的美丽。

今年的泉水确实不错，三股泉水从容翻腾，趵突泉清澈微绿，水中鱼翔嬉戏，虽然人不知鱼之乐，但鱼游使人感知快乐。李苦禅题词“鱼乐”，实则是人见鱼而乐。泉边是泺源堂，匾额是郑翰丞题三个大楷隶书，拙厚古朴；楹联是金棻魏碑书赵孟頫诗句“云雾润蒸华不注，波涛声震大明湖”，苍劲挺拔。对面是观澜亭，匾额题字是浑厚的行书，书者已无名。两边楹联是“三尺不消平地雪，四时常吼半天雷”，张养浩的诗句，武中奇的书法。亭中央立碑“观澜”，是张钦在16世纪写的，两边水中左是胡缵宗书写的“趵突泉”石碑，右是王钟霖书写的“第一泉”石碑。真是“淡著烟云轻著雨，竹边台榭水边亭”，泉水诗词，台榭楹联，自然文化，天功教化，互融互汇，精妙绝伦。

我每次到趵突泉，一定会去李清照纪念堂看一看。大概是很小的时候，父亲喜欢易安的词，有时会念一些，比如“应是绿肥红瘦”，“才下眉头，又上心头”等等。受到父亲的一些熏陶，我也喜欢这位老乡诗人才女。有一段时间，最爱默念一番她的声声慢：“寻寻觅觅，冷冷清清，凄凄惨惨戚戚……”李清照叠字尤其用得出神入化，令人过目难忘。古人见到月落花残，自是潸然泪下。易安的词是写得很好，读她的词，总会不由自主地联想到美国女诗人艾米莉·狄金森。那也是一个一生独居独处的人，笔下总是离不开她家小园中的花草鱼虫。通过这些小生命，她探索的却是死亡，把死亡比作与她同乘一辆马车的旅客。她完全没有同时代诗人惠特曼 “船长，啊，船长”那等美国人乐观豪放的粗线条性格。但是，狄金森有狄金森的情感，那些虫草花鸟都有了生命和愁思，都有了希望和失望，都有了死亡。或许李清照比狄金森还要惨一些，因为狄金森毕竟没有结过婚，而李清照则是结过婚，且夫妻感情极好，所以后来更感离别之愁。或者说狄金森更惨一点，因为她连一日的赵明诚也没有，美好都是想象出来的，凄惨却是体味出来的。记得父亲带我去趵突泉的时候，说他更喜欢赵明诚，因为赵明诚不事张扬，精于金石，慎思深刻。不过也是一世坎坷。

父亲带我去趵突泉的时候大约是 20 世纪 60 年代。进门后先去了李清照的小院。当时给我留下印象很深的是郭沫若写了很多字，比如漱玉堂、李清照纪念堂、一代词人、传颂千秋等等。一代词人容易，词写得好便是；传颂千秋难，因为不仅是词写得好，人也得端正。自从孟子以来，“德”便成为人事和天事。父亲一生也是喜欢四处游览，尤其是些名胜古迹。他话很少，多是看，但也会给我讲些知识性的东西，比如漱玉泉的来历，还有李清照的家在离济南不远的章丘百脉泉，百脉泉处处是流水等等。

智者乐水，易安一生愿傍水。我也喜欢水，只不过我非智者。20 世纪 80 年代在济南上学的时候，有暇时我也会去趵突泉。记得有一年秋天，李清照纪念堂的小院中摆满黄花，与青砖相称，黄花含羞，青砖朴实，分外动人。人似在菊花丛中漫步，也似在易安魂灵中徘徊。现在的李清照纪念堂还是两进小院，但后院多了两个展厅，里面做了蜡像，有李清照，有赵明诚，还有清照的父母，摆作清照父母教女成才的场景。愕然中想到了美国记者托马斯·弗里德曼，也就是写《世界是平的》一书的那位大名鼎鼎的记者，他在《凌志车与橄榄树》中写过自己在多哈古清真寺边看到的麦当劳巨型标牌时的感触。不过，弗里德曼说自己是最幸福的人，因为别人出钱让自己写自己愿意写的东西。李清照哪有这般福气。

当年父亲带我从清照小院出来，便去了趵突泉看水。记得那时的水和今年的差不多，也是从容翻腾，也是锦鳞游泳。赏心悦目之后，就走进了泉边的茶室。茶室匾额题“望鹤亭”，两边也有一楹联，上联是“滋荣冬茹温常早”，下联是“润泽春茶味更真”，这是曾巩的诗句，关友声的书法，我很喜欢。里面人少，父亲带我走到靠泉的窗边，坐下，要了一壶绿茶，边喝边看泉水游人。我当时还小，坐了一会，就又跑了出去，看泉水、看游鱼。但父亲一直靠窗坐了很久，最后茶已没有一点颜色。随着回忆，我又走进了茶室。茶室还在，匾额还在，楹联还在。但茶室已被隔成两间，外面是大间，现在是一个超市，各种食品和旅游纪念品，琳琅满目，但很是杂乱。茶室挤至里间，竟是没有一个客人。十分喜欢，忙坐下，说要一壶铁观音。店家说不卖茶了，今天是腊月二十六，十二点下班，现在是十一点四十，你若是渴，外间超市买瓶可乐吧。怏怏然。

在园中漫步，无意抬头，看到欧阳中石题的四个字——“造化无极”。

《美食家》与老苏州茶酒楼　　2007年4月

一直喜欢读陆文夫的小说。也许是父亲的老家无锡与苏州毗邻，虽然母亲是北方人，但我家一直是父亲为主，所以家庭文化也就多了几分南方的味道。对陆文夫写的《美食家》尤其钟爱，直到现在仍然记忆犹新，还记得人们尊称他“陆苏州”。前几天特意从图书馆借来《陆文夫文集》，复习了一遍《美食家》，并抄录下一段：

> 洁白的抽纱台布上，放着一整套玲珑瓷的餐具，那玲珑瓷玲珑剔透，蓝边淡青中暗藏着半透明的花纹好像是镂空的，又像会漏水，放射着晶莹的光辉。桌子上没有花，十二只冷盆就是十二朵鲜花，红黄蓝白，五彩缤纷。凤尾虾、南腿片、毛豆青菽、白斩鸡，这些菜的本身都是有颜色的。熏青鱼，五香牛肉，虾子鲞鱼等等颜色不太鲜艳，便用各色蔬果镶在周围，有鲜红的山楂，

有碧绿的青梅。那虾子鲞鱼照理是不上酒席的，可是这种名贵的苏州特产已经多年不见，摆出来是很稀罕的。那孔碧霞也独具匠心，在虾子鲞鱼的周围配上了雪白的嫩藕片，一方面为了好看，一方面也因为虾子鲞鱼太咸，吃了藕片可以冲淡些。

中国人吃饭，是讲究色香味的。陆苏州的这一段正是写朱自冶在为吃而婚的夫人孔碧霞家里请客的一桌菜。先是写器皿。记得我小时候舅舅常常挂在嘴边的一句话是“美食不如美器”。洁白的桌布、淡青的细瓷、玲珑剔透的晶莹，光是这些东西已经让人感到十分地养眼。然后是菜，仅仅是冷盘，已经是到了桃花源的境界，赤橙黄绿青蓝紫，加上雪白的嫩藕片，这些颜色和相互的搭配，使人遐想联翩。细细想这些小菜，都是苏州风味，大概陆文夫还嫌不足，又加上了虾子鲞鱼，让朱家的家宴更加精细、更加苏州。都说中国是文化中国，苏州是文化苏州，看的是文化，吃的是文化，品的更是文化。器皿、饭食、环境都已化入了人的情趣、人的心情还有人的贴切和感悟。

后来，忘了在哪家小报上读到陆文夫在苏州开了一家饭店，一层是饭店，二层是茶馆。再后来，知道他办了一本杂志，叫《苏州杂志》，是专门记录苏州地方历史和风俗人情的。苏州的街巷园林、民俗掌故、名人逸事，点点滴滴地收入在册。想到他的小说和他办的杂志，也就联想到朱自冶和孔碧霞的家宴。类推出去，想到陆苏州的酒楼茶馆，也一定是文气缭绕，酒和茶都浸泡过故事与文化，饭和菜也都经历了心情和心趣。加上吴侬软语，人情依依，定是感闲情逸致、品青红紫绿的去处。所以，也就一直想去苏州看看陆文夫开的酒楼。时间一长，竟成了一个心结。

2004年深秋初冬时节，和同事一起去苏州招生，当地的接待人员问我们要去什么地方看看。我曾在无锡住过大半年，苏州也去过，但那时候年龄小，已经记不得什么了，加上同事以前没有去过苏州，便提到了拙政园、留园这些苏州有名的园林。我自然问起陆文夫开的酒楼，陪同人员似乎并不太清楚，商量了一番又了解了一番之后说大概是有的，并且说上午看完两个园子之后，去松鹤楼吃饭，然后再去陆文夫开的茶馆喝茶，下午去寒山寺和虎丘。我说这样最好，同事也很满意。初冬的拙政园没有绿枝翠叶，也看不到游鱼戏水，但也有一番萋萋之美。行走于残叶之间，心里却期待着一品浸透了苏州文化和陆氏情趣的清茶。东山碧螺春是绿茶中最娇嫩的，养育它的水土是苏州的水土。虽然当年的明前绿茶已经存放了两个季节，但陆氏酒楼定有保存茶叶的妙方，洞庭东山碧螺春一定别有考究、别有味道。他在《美食家》中也有一段为证：

苏州的茶馆到处有,那朱自治为什么独独要到阊门石路去呢?有考究。那爿大茶楼上有几个和一般茶客隔开的房间,摆着红木桌、大藤椅,自成一个小天地。那里的水是天落水,茶叶是直接从洞庭东山买来的,煮水用瓦罐,燃料用松枝,茶要泡在宜兴出产的紫砂壶里。吃喝吃喝,吃与喝是一个不可分割的整体,称得上美食家的人,无一不是陆羽和杜康的徒弟的。

天落水、东山茶、红木桌、大藤椅、紫砂壶、松枝瓦罐,又是在自成的小天地里,的确是陆羽弟子。陆羽、杜康最体现中国文人,需清雅时品茶,求不羁时饮酒,品茶饮酒都在自我建构的天地之间,酒可醉人茶亦可醉人,这才有"我歌月徘徊,我舞影零乱,醒时同交欢,醉后各分散"之说。

陆家的饭店叫老苏州茶酒楼,就在苏州十全街上,斜对面是南苑宾馆,地理位置极佳。老苏州茶酒楼是一座两层的中式楼房,粉墙黛瓦,飞檐漏窗,古色古香。一面墙上竖排写着"老苏州茶酒楼"几个正楷大字。刚刚吃完午饭,若有一杯清茶,况且还是吴文化软泡出来的茶,又在陆苏州开的茶酒楼里享用,那一定是十分惬意的。

推门进去,仓促之间惶惶愕然。一楼门庭空空荡荡,破旧的圆桌左一张右一张,仿明式的餐椅乱七八糟、四处都是。进门的地方有一个书架,上面堆着几摞杂志,随手拿起一本，正是《苏州杂志》。还未来得及看，就听到一个声音："午饭时间过了，到别家吃去吧。" 抬头看到一张靠窗的圆桌，围坐着一圈人，大约有七八个，大都趴在桌子上午睡。说话的人是位四十来岁的妇女，胖胖的。她没有睡着，便喊了一嗓子。听口音似不是苏州人，因为人们常说苏州人说话软，尤其是苏州女子，即便是吵架，也吵得像评弹一般。刚才的话十分硬朗，自然不会是吴方言。

与想象中的反差太大，心中总有几分不甘，便上前搭讪，问起茶酒楼的茶楼怎么没有见到。

"是。原先一楼是酒菜，二楼是茶馆。茶馆生意不好，关了。"

"那我能上二楼看看吗?"

"门锁了。上面脏，好久没有人上去了。"

我一时无语，匆匆道了声谢，转身向外走。到了门口，又拿起一本《苏州杂志》，问道："可以买本杂志吗?"还是那位服务员说："不卖，随便拿。"

走出酒楼，心中郁闷。同事说，人言看景不如听景，没想到看酒楼也是不如听酒楼来得舒服。这还算文人开的酒楼，也就是个大排档。还是赶快到寒山寺吧。

今年又去苏州，恰恰是烟花三月，去苏州大学出差。苏州大学的前身是东吴大学，当时的校训应是借用了圣经上的一句话——"Unto a Full-grown Man"。后来一位中国人当了校长，想要一个中国的校训，借了孟子的意思，用了孙中山的自勉联，便成为“养天地正气，法古今完人”。苏州大学借的是东吴文化的灵气，秉承的是东吴大学的传统。苏州大学的宾馆叫东吴宾馆，也在十全街上。如今的十全街真是热闹非凡。两边全是铺面，卖各种各样的东西，大多是卖给外国人的。还有外国人开的酒吧，晚上也有许多人光顾，灯光昏暗，人头攒动。头一天吃完晚饭乘车回东吴饭店，恰恰路过老苏州茶酒楼，虽然是一瞬间，但见里面灯火辉煌，看上去生意兴隆。我问车上的苏州同事，老苏州茶酒楼生意这么好？她说是的，很多人来吃苏帮菜。我说大家来是慕陆苏州的名吧。她说也许是，也许不是。

第二天晚饭后，抽了一点空，急急忙忙赶到老苏州茶酒楼。还是像昨天一样灯火通明，还是像昨天一样座无虚席。我进门，已有年轻漂亮的小姐请我入座。我说我今天不是来吃饭的，只是来看一看。她茫然。正巧旁边有一位头发花白的老人，站在收钱的柜台后面。我想这可能是位老苏州，便与他聊了起来。老人喜欢聊天，对这间酒楼的来龙去脉也很清楚。他告诉我他不是老板，也不是经理，只是住在附近，闲来无事，到酒楼走走。说起陆苏州，他倒是十分清楚。说当年陆文夫开酒楼，装修的样子很是特别。开张的时候不少文人来吃茶聊天，逐渐就不行了，多数老百姓不到这里吃饭，嫌太贵。茶楼也渐渐没了生意。离老苏州茶酒楼不远的地方开了一座大茶楼，叫水天堂，喝茶的人大多去了水天堂。所以茶楼早就关张了。陆家父女先后得病，茶酒楼无人料理。后来这间茶酒楼就出卖了，如今已是几经转手。

我问是不是还在经营苏帮菜。他说是，但品位定在大众。现在的老板接手后重新装修，楼上楼下全部改为餐饮，饭店定位准确，生意很好。晚上八九点钟，还是人来人往。我问这里还有没有《苏州杂志》，他说早就没有了，但街上可以买到。现在的《苏州杂志》主编是位才女，我在昨天的晚报上看到她的小说连载，名叫《赤脚医生万泉河》，和于丹的《庄子心得》登在一个版面上。老人谈兴甚浓，但我一天辛勤工作，已经有些困顿了，于是告辞。

刚刚转身，想起一件事情，便回头问老人陆家是哪一年出让茶酒楼的，他说大约是 2004 年。

敬畏学问　　2007 年 5 月

在一个乏味的研讨会场，突然听到有人说要“敬畏学问”。我原本坐在那里走神，听到这四个字，不禁心头一颤，思绪也回到了以往。小的时候，我曾经听父亲不止一次地说过这四个字——“敬畏学问”。

父亲是一个爱书之人。他最喜欢的家具是他自己设计的一个书柜，高大厚实，上面是玻璃门，放书，下面是实木门，放一些资料和他自己做的笔记。这个书柜里主要是些医学方面的书，父亲是不准我们动的。他十分爱惜书，每买一本，总是要用牛皮纸包上书皮。父亲做事认真仔细，书皮包得很好，有角有棱。记得我们每个学期发新书，父亲也帮助我们包书皮。他包书皮的时候，是一脸的认真。他不喜欢在书上乱涂乱画，主张在笔记本上做笔记。父亲的书一直保存得很好，他的笔记也保存得很好。

有一次看到他当年在青岛学过的油印的英语读本，虽然书页已经变脆泛黄，但仍然干净整齐。他让我们把每学期的课本都好好保存，说书就是学问，要敬畏书本，敬畏学问，这样才能把书读好。

父亲是医生，每天都很忙。当时一周上班六天，但周日上午如果没有什么急事，他会坐下来读书。他读书总是坐得笔直。家里有一个很不错的写字台，也是他自己设计之后请木匠做的。他坐在桌前的一个硬木椅子上，一丝不苟地读书，也不愿别人打搅，除非有人找他看急诊。他有时会一口气看一个上午书，有时还会一边看一边做些动作，大概是比划和模仿一些手术的手法。他不许我们躺着看书。我和二姐都喜欢躺着看书，直到现在仍然如此。但父亲说，躺着看书一是对学问不敬，不敬的时候只能看闲书；二是对眼睛不好，时间长了会近视。站有站相，坐有坐相，看书也有看书的相。后来，红卫兵抄家，把几本彩色的日文医用人体解剖学图书拿走了，说是黄色读物。父亲晚年的时候，眼睛已经不行，看什么都是影影绰绰的，大部分书也就送给了他服务多年的医院，有几本送给了他的学生。

父亲虽然学的是西医，但教育孩子还是中国人“棒打出孝子”的方式，打手板是各种方法中相当严厉的一种了。我家的五斗柜左侧挂着一条木板，这就是教育孩子的手板。父亲是医生，打手板也是有讲究的。他先用自己的手握紧孩子的手指，使其不得动弹，板子总是落在手心肉厚实的地方，这样虽会很痛，但不会伤了手指的骨头。他只打左手，因为右手要写字。哥哥早先是个左撇子，但硬是让父亲教育过来，除了打乒乓球之外，吃饭、写字都是用右手。估计没有少挨打。

我记得有两次被父亲打手板，都是和学习有关。一次是敷衍作业。大约是小学四年级的时候，老师布置作业，背熟课文后默写一遍。我没有背熟，凑合着默写了一遍。没想到了晚上快十点的时候，父亲看书累了，便让我拿出作业来看看。我当时就觉得兆头不好，但父亲的威严在家里是绝对的。于是，我只能将默写的作业拿出来，他看完后说，把手伸出来。我知道完了。三板子下来，手掌就肿了起来。然后他说，继续背，我在这里看着你背，直到一个字不错为止。然后就坐在我的对面。他越是看着我，我越是背不过，一个半钟头下来，给他背了三遍，仍然有错。母亲说明天再背吧，但父亲仍不说话。到了十二点多，我终于一字不错地背了下来，然后又重新默写了一遍。父亲说，这不是你不会做的作业，而是你不认真去做，所以打你。

第二次挨打还是为了作业的事情。好像是班主任老师让我画黑板报，我就让一个同班同学帮我做了一部分数学作业。没想到又被父亲发现。这一次打得很厉害，每一下都很重，似乎痛到了骨头上。父亲打完之后说，作业不会做是可以原谅的，但让人代做是不可原谅的，因为你对自己的学习都可以这样，别的事情就更不用说了。抄别人的作业是小偷，让别人替你做是暴君。当天晚上，手疼得睡不着觉。第二天，手还是火辣辣的，只好在课间将手掌贴在冰凉的黑板上消疼。这个故事我给女儿讲过多遍，当然，她没有挨到板子，定然不会像我体会得这么真切和深刻。

我姥姥是个虔诚的基督教徒。她不识字，但是基本上能把《圣经》很多段落背下来。没有事情的时候，她常常在那里自言自语，背《圣经》的段落，还低声吟唱从教堂学来的歌。有的时候，她会给我讲一些《圣经》的故事，比如《创世记》《出埃及记》等等。她背得很认真，说是神给她的智慧，让她不识字却能背诵《圣经》。姥姥活了很大年纪，经历了整整一个世纪。后来耳聋，脑子也不太清楚，但直到最后，还能自己挪动。床头上仍然放着一本她并不认识的《圣经》，嘴里也不时地念叨一些《圣经》上的句子。我想她能背那么多《圣经》上的内容，主要是经常做礼拜，听别人念经，然后默默记住。回家来再复习背诵，久而久之，就背了许多。父亲曾说过，你姥姥不识字，为什么能背诵那么多的圣经，主要是她敬畏神。《圣经》是神的书，是她最大的学问，她敬畏《圣经》，别人用脑子背，她用心背，所以不识字也能够背。

父亲一辈子主要是临床医生，救活了许多人。他的手看上去很拙，但每次手术都做得很好，经他处理的伤口也恢复得很快。母亲说他就是细心，任何事情做得到位。记得小时候家里有一块银匾，上书“妙手回春”四个字。母亲告诉我，这是当年一个大户人家的公子，神经不太正常，有一次竟然割喉管自杀，正好碰上下班回家的父亲，父亲手里也正好提着自己的工作包，急急忙忙做了手术，缝合了刚刚切开的喉管，没想到这人真的活了过来。后来，病人家感激，送了这块匾牌。因为他救活的人很多，所以在老家一带颇有名气。

父亲自始至终对学问充满了敬畏之心，还试图使我们兄妹四人有同样的敬畏之心。这可能是有用的，我们2006年大学同学聚会的时候，班长让大家每人写一点东西，于是我用英语拼凑了一首小诗，其中一句是写初进大学的感受，多次用了“awe”这个词，翻译成中文，比较贴切的表达正是 “敬畏”——敬畏学府的知识圣殿，敬畏学问的神圣威严。

“敬畏学问”四个字使我想到了小的时候一些与之相关的事情。浮躁年代，做学问的人可能首先需要一颗敬畏学问的心。如果像敬畏神一样地敬畏学问，大概是会做好学问的。

翻译的体悟　2007年5月

办公室里有一尊严复的泥土塑像，是一个学翻译的研究生做的。技术自然不是很好，涂了层金粉，一看就是很便宜的那种材料。但我觉得雕塑做得有几分神韵，没有学过翻译的人是很难做出这点精神来的。我也算是学翻译出身，上学的时候就崇敬严复，一是佩服他的翻译，至今人们还在研究他提出的"信、达、雅"翻译标准；二是佩服他的学识，他的翻译都是名著，激活的是思想，启迪的是心智，使得国人打开思想观世界,回过头来看中国。

过去我教中学的时候，有一位同事告诉我，你将来若是能上大学，毕业之后，在商务印书馆有张办公桌就好了。商务印书馆也是我仰视的地方，它传播知识。但是，我不想伏在商务印书馆的某张办公桌上，我更崇敬严复。所以，每当看到严复的雕像，总感到几分亲切。今天稍有闲暇，再读严复的《〈天演论〉译例言》,不禁想起自己这些年翻译的一些感受，随手记下，也算是对又陵先生的一份汇报吧。

1981 年我考上了北京外国语学院的联合国译员培训班。那年我上大四，偶然听到了北外为联合国培养翻译的事情，同班的一个同学问我是否想进京赶考。我学习之余喜欢随手做一点翻译，但是并没把考翻译当作一件大事，更没有想以翻译为谋生之道，不过想到可以借此去北京一游，觉得也是对大学生活的一种调剂，便答应下来。联合国翻译培训班录取要过三道关：一试考完了等二试通知，二试考完了等三试通知，等到下一试的通知就要赶快准备下一次考试。考完一试之后，原本就没有什么期望，自然更没有什么奢望，因此也就没有任何负担，便抓紧时间，游览北京。去了天安门、故宫、八达岭、颐和园、北海、天坛等等，每到一处定立此存照。当时，相机还是十分稀罕的玩意，穷学生是没有的，但景点都有专门照相的人，站在那里，咔嚓一声，留下地址、姓名，便回家去等照片了。现在拿出来，那些黑白照片看上去已经有了一点点历史的厚重感。

没想到考过了第一关。发了二榜，我便有些着急了，也有了负担，真是关心则乱。在同学的大伯那里借了一间房子，每天从早到晚一刻不停地复习，二十天之后，又去北外考试。这次考完，真真地是提起心来等待考试结果。几天之后，发了第三次考试的通知，又是紧张复习，又是紧张考试，心思越来越重。考完之后，也没有心情再逛北京，虽然还有几处没有去的名胜，但兴趣已荡然无存。匆匆忙忙回到山东，别人问起来，只说考得不好，当时感觉也确实不好。没想到快到春节的时候，竟然收到了录取通知书。大家也都来祝贺，说真不容易。后来听说在一篇报道中还提到这事，我的名字大概也是平生第一次上了报纸。但是，兴奋很快就过去了。我突然觉得自己并不真正喜欢翻译。当时心中似有一种文学的冲动，更希望做些文学的研究，所以，就考虑不去学翻译而努力复习准备考英美文学的研究生。好几天犹豫不决，便去咨询对我很好的一位老师。他说你还是要去，北外是全国最好的外语高校，仅仅是为了开眼界长见识就值得去。于是，我到了北外，开始接受翻译训练。

翻译的训练主要是量的训练，每天都要做无数的作业。但确实学到了很多东西，整体英语水平也有了很大的提高。使我受益最深的是当时的那些中外老师的言传身教。他们更多的是用他们的知识、文化、学养、气质来“化”人。我体会最深的一点是：学一字一词、记一点一滴，相对来说都不难，难的是在潜质中涌动一种无名无状的感觉和感悟。人都有知识的盲点，成功的人不是因为知识尽善尽美，而是他悟出了别人没有想到的东西，或是气势，或是构思，或是精神，或是情韵。如果以作诗比翻译，真正好的不是字斟句酌的贾岛，而是神韵迸射的李白。贾岛可以写好一首两首的诗歌，而李白则是飞天入海的精灵。在以后多年的教学里，我从不嘲讽学生的一个或几个知识盲点，而是鼓励他们的感悟和想象；更多的不是"教"人，而是"化"人，这是我从北外译训班悟到的最珍贵的东西。

严复谈翻译，认为"译文取明深义，故词句之间，时有所傎到附益、不斤斤于字比句次，而意义则不倍本文。题曰'达恉'，不云'笔译'，取便发挥，实非正法"。其实，正法与非正法，关键在于翻译者的学养和悟性。据说几年前，一家酒店开张，老板为招揽外国人生意，请英语界的几位老先生吃饭，让他们翻译饭店的一个广告性对联，上联是"菜香引来回头客"，下联是"酒好招得美食人"，席间无人想出满意的译文。次日，有一先生交卷，译为"I come；I eat；and I am conquered"，大家联想到恺撒的"Veni，Vidi，Vici"，立时称绝。谈论之间，有人说昨天之所以没有想到佳句，是因为太拘泥于字比句次。所以，好的翻译是悟出来的，不是译出来的。

20 世纪 80 年代初在北外念书期间，我翻译了第一本正式出版的书，那是我岳父的一本英文自传。起了一个很有意思的书名，是他的好友、北外教授柯鲁克建议的，叫“My First Sixty Years in China”。当时没有电脑，我翻译的时候，先是用手写了一遍，又用笔记本誊清，让我的一个亲戚替我通读了一遍。他是大学的语文教师，中文功底很好。看完之后，表扬了我一番，大约是语句通顺、用词得当等等。他是极度认真的人，做了些一丝不苟的修改。之后我还专门读给我岳父听了一遍，才最后定稿。我又在方格稿纸上第二次誊清，然后交到出版社。那是我翻译得最认真的一本书。记得当时书中有许多上海的老地名和街道名，我先是借了不少老上海的书来看，后来又找了在上海一家出版社工作的亲戚一一查证，费了不少的工夫。现在回过头去看，好的是译文基本准确，但却远非老道，雕琢痕迹和学生腔时时显露，不时使人感到有些“强说愁”的意思。

第二次正式发表翻译的东西就是英国荒诞派戏剧家哈罗德·品特的独幕剧《情人》，当时是投到北外的杂志《外国文学》。杂志接受了投稿，但要求修改提高。我又费了不少的工夫，终于在 1986 年发表。当年，中央戏剧学院的一名导演将它搬上舞台，还请我到中戏小剧场看了首演，记得那次见到了曹禺，他也到场看演出。我就挨着他坐，大概因为我是剧本的翻译，便有了这份特权。曹禺是我小时候很敬佩的人，读过他的许多剧本，比如《雷雨》

《日出》《北京人》，坐得这么近，也教我有点激动。受到这一次成功的鼓舞，我又陆续翻译了品特的其他几部剧本，但很快就到美国留学，译好的初稿也就都束之高阁了（其实不是束之高阁，而是束之放于床底下的纸箱里了）。后来品特得了诺贝尔文学奖，我又把那些老的译稿找出来看看。他得了诺贝尔奖，自然有更多的人翻译他的东西了。老的译稿只是看看而已，看完后就又扔回床底下的纸箱子里去了。

后来转向了国际关系，文学类的翻译自然也就搁下了，一放就是七八年。1994 年回国，当时《中国文学》（英文版）的主编找到我，希望我能给他们翻译一点东西。我一是因为喜欢文学，二是评职称需要一些英文的出版物，便答应下来。他第一次给我的是贾平凹的散文，名字大概是《太白纪事》。我一看倒是十分喜欢，翻起来却是不容易。在这一次的翻译中，我更体会到翻译的悟性和想象实际上是最重要的品性。以后，还翻译了毕淑敏的《预约死亡》，说的是临终关怀医院的事情；沈石溪的《残狼灰满》，是动物世界的权力斗争和兽际关系。真是自己感到几分得意的地方，都是跳出原文之后的翻译。评上教授之后，也就没有再翻译文学作品，回想起来，总觉得是一种遗憾。

后来的翻译主要是一些国际关系理论著作，有温特的

《国际政治的社会理论》、卡尔的《二十年危机》、杰维斯的《国际政治中的知觉与错误知觉》、卡赞斯坦等人的《世界政治理论的探索与争鸣》、卡赞斯坦的《地区构成的世界》等，有的是自己翻的，有的是与别人合作的，加起来也有几百万字了吧。这些书中最难译的是温特的《国际政治的社会理论》，里面大量借鉴哲学和社会学的成果，真可谓“……原书论说，多本名数格致及一切畴人之学，倘于之数者向未问津，虽作者同国之人，言语相通，仍多未喻，矧夫出以重译也耶”。记得是1999年初拿到温特的英文清样稿，看了几遍仍如坠云里雾里。后来便放下原著，买来一些社会学和哲学的书来看。看了半年的书，再回过头来翻译。翻译这本书前后用了一年多的时间，2000年暑假交稿，2000年下半年就由上海人民出版社出版了。没想到这么一本难读的书竟然卖得不错。

严复塑像，一脸的故事。有人曾问我现在为什么还要做翻译，因为翻译似乎只是为他人作嫁衣裳。但我想我译书有三个原因。一是学习，译出一本书也就基本上吃透了原书的意思，这其实正是中国人学英文必设精读课的原因。译书非精读不可，想把书译好就更要精读多遍。有人说，理论专著要越读越薄，最后读到只剩一句话。其实很有道理，理论书似很难，但如若真正读懂，是可以用一句话总结出来的，但这句话必然是领会贯通之后才能凝练出来。翻译理论书籍练的恰恰是这种功力。二是为他人作嫁衣裳。我这些年来一直没有停止过翻译，如果说有点野心的话，就是使更多的国关学子看到更多的书，就像一个好的超市应该是产品琳琅满目。中国的国际关系研究，需要一些人去轰轰烈烈，也需要一些人去为他人作嫁衣裳。三是利用时间。自从 1994 年回国以来，一直兼有行政事务。白天人来人往，电话声不绝。写文章往往还未开始，便被打断。只有翻译，可以随时停下，办完一事，随即续上。这些年大多数的翻译是这样做出来的。翻译这些理论著作，不禁又想起严复在《〈天演论〉译例言》中的话：

> 新理踵出，名目纷繁，索之中文，渺不可得，即有牵合，终嫌参差。译者遇此，独有自具衡量，即义定名。顾其事有甚难者！……此以见定名之难！随欲避生吞活剥之诮，有不可得者矣！他如物竞、天择、储能、效实诸名，皆由我始；一名之立，旬月踟蹰，我罪我知，是存明哲。

翻译理论著作，立名最为困难，旬月踟蹰，此言不过。但严复这段话中有四个字，虽是自谦，但在我看来却是气吞山河，那就是“皆由我始”。创名方能传理，传理贵在启智，启智旨在惟新。周虽旧邦，其命惟新。我们学校设计新校园的时候，让我想一个理念，我编了一句话，叫“求和谐世界，做天下学问”，英文则是用了“Grand Harmony; Great Learning; Global Vision”。抬起头来，看到的正是办公室里严复眉头紧锁的泥巴雕像。

闲中出学问　2007年8月

常听人们说，闲中出文化。这里的文化，当然不是指学术上的那种晦涩定义，而是人们的生活情趣和品位，或者说是一些非常的想法，通过无功利目的、无时间限制，甚至是无意识的行为表现出来。比如说喝茶，人渴了，大碗喝茶，为的是解渴，功利目的自然十分明显。但是，将喝茶的过程做成如此烦琐但又颇具品位的事情，就成了文化。绿茶用玻璃杯，红茶用细瓷杯，乌龙用紫砂壶，还有公道杯、闻香杯，等等等等，甚至连喝茶的步骤都有严格的讲究——温盏、洗茶、闻香。于是，喝茶成为品茶，喝茶的过程成为最重要的东西，而解渴则根本不是喝茶的目的，实际上喝茶也就根本地没有了目的。这就是文化，因为喝的是文化，茶只是文化的载体而已。

讲究缓慢的过程，讲究过程中的感受，讲究“清、静、寂、和”的境界，这是无目的地、无限制地做着可做可不做的事情，是凭着想象的驰骋和身心的宁静这两种力量的合作产生愉悦和享受。据说中国的茶道是以三人为宜，那么，不仅有自己思想的驰骋和自我心灵的静寂，还有相互之间思想的神交和情绪的感应。这才是一种缭绕无限的文化境地，故无目的才是文化。不过，这种无目的过程却也能够产生巨大的力，甚至比起有目的行为产生的力更加神奇。过去写学术论文的时候，我曾经将这种力叫做“文化力”。

闲是无目的。整日忙忙碌碌，为工作、为事业、为财富，一切都是有目的、有限制的活动，忙碌的人们成功了，目的明确，手段得当，匆匆忙忙，快马加鞭。于是，失去了闲。整日闲闲，似无所事事，便胡思乱想，任自己野马奔腾，便胡思出品位，乱想出情趣。喝茶便不再是喝茶，吃饭不再是吃饭，茶和饭，包括喝茶和吃饭的器皿，也包括喝茶和吃饭的人，也就都在吃和喝的过程中，共同创造了文化。我们也就有了茶文化、酒文化、食文化等等。忙碌之人，无暇顾及过程，自然也就失去了过程生产出来的文化；闲暇之人，充分享受过程，又赋予过程诸多的精神和意识，于是便在过程中编织了文化，也编织了自己。这就是闲中出文化。

闲是散漫的。看着匆匆忙忙的人们，智者告诉他们，慢下来。比如说在饭桌上，人们忙得连吃饭也没有了时间，所以总想吃得快一点，于是方便食品来了，开水一冲，就成了午饭、晚饭。时间一长，就养成了习惯，想慢下来都难了。父亲急急忙忙吃完饭，要去开会；母亲匆匆忙忙吃完饭，要去参加活动；孩子匆匆忙忙吃完饭，要去复习功课。吃饭成为一种必须敷衍的目的性极强的行为，时间也压缩到最短最短，几乎感觉不到吃饭的过程。前几年我去法国，感受很深的一点就是人们吃饭的过程和享受吃饭的过程，实在是令人羡慕。在香榭丽舍大街上的小酒吧前，坐着喝一杯啤酒，看着过往来去的行人，闲得忘记了一切。还有一天的傍晚，在瑞士洛桑的小街上，一个人端着一杯红葡萄酒，长时间地慢慢地品，也是无目的地享受拖长又拖长的过程，从中感受到了文化。

从闲中出文化想到了学问。据说西方学问的源泉是古希腊，当时做学问的人似多是一些闲人。他们啸聚闹市，或辩论，或演讲，或答问。许多时候是为了满足自己的好奇心，似乎很少有功利的目的，没有权力的左右，没有成败的焦虑，也没有经世致用的野心和负担。他们大概实在是闲得必须找些事情来做，便在辩论中发明了形式逻辑，在讲演中练就了雄辩术，在答问中形成了分类和概念。他们研究马尾巴的功能，并不是想用马尾巴来做一支毛笔或通过化学变化织成一羽官翎，而是在马尾巴或黄或黑或棕或白的炫目色彩中看到了忙人看不到的诱惑。

学术原本是属于闲暇中的审美，是学者长期无功利的争辩、观察、阅读、思考的自然结晶，学术的创新是可遇而不可求的，是功底和灵气的巧妙结合，是悟性在知识中徜徉的发现，是知识在悟性中生长的果实，是必然中的偶然或者说偶然中的必然。所以，重大的理论几乎总是一个人的思想，而不是严肃的命令和集体的攻关能够完成的，更不用说是限定时间的任务了。

如今又在巴黎，昨天去了巴黎的双偶咖啡馆（Café Les Deux Magots）。在巴黎的拉丁区，有两个很有名的咖啡馆，一个是双偶，一个是花神（Café de Flore），都是当年名人出没的地方。据说这也是萨特和波伏娃经常去的地方，有了名人的游魂幽心，咖啡馆也就有了灵气。因为慕其名气，才专门去寻找这两个咖啡馆。其实非常好找，因为两个咖啡馆都在圣日耳曼大街上，并且几乎是比肩而立。街的斜对面是利普啤酒店（Brasserie Lipp），也是大名鼎鼎。那天不巧花神咖啡馆关门，只有双偶。于是找了一个角落坐下。要了一杯啤酒，慢慢地品，也似乎要找一点萨特的感受。喝了半天，其实就品出一个字——闲。喝咖啡、喝啤酒、喝白水，都不是什么重要的事情，重要的是品这份闲适和慵懒。

似乎恰恰是这份闲适与慵懒激活了萨特的思想。看着街上熙熙攘攘的人群，听着对面圣日耳曼教堂的钟声，看和听都是漫不经心的，都是视而或见或不见的。没有灵魂的压抑，闲适的大脑便充满了无数的空间，慵懒的身体也就只剩下慵懒。每一口咖啡、每一点酒精都会刺激到一条神经，闲的大脑便开始胡思乱想，想文学、想艺术、想人生、想存在、想虚无、想奇奇怪怪的东西。偶然之间，也就闪出了灵感，明白了道理，通透了学问。这也就是为什么法国出了这么多新的思想，成为后现代的源泉和前卫艺术的圣地。除了萨特，还有无数闲人，比如加缪、福柯、德里达、布尔迪厄等等，真是闲出了学问。还有一下子就浮现在眼前的那个穿睡衣的巴尔扎克。罗丹是与巴尔扎克心灵相通的艺术家，他雕出的那个文豪是真正的慵懒，浑身上下已经是散得不能再散了，面孔上的神情已经是闲得不能再闲了，于是便闲出了高老头、贝姨、葛朗台、邦斯舅舅，还有他眼中那个无奇不有的大千世界和万花筒般的人间喜剧。

而中国人的学问似乎总是在忙中做出来的。孔夫子的教导是入世，是学以致用。书中自有粟万石、黄金屋、颜如玉，学而优则仕。学问总是和功名联系在一起，于是便忙着学习、忙着考试、忙着再学习、再考试。功利、权力、成败都成了动力和负担。一天一地一圣人，学问是天地之间人世的圣人教诲，学问是为人处事的根本。在人际关系的网络之中不能派上用场的东西，在权力斗争中不能左右逢源的东西，自然不是学问，也自然不受学问人的眷顾。学问的最高标准就是天子的青睐和褒奖的朱批。为功名忙忙碌碌一辈子的范进，大概在错乱之际想到的和看到的都是真真切切的朱批，他一生的忙碌都在中举的欢呼声中得到了认可。多么有用的学问。

西方人做出了系统的学问。牛顿三大定律、相对论、量子力学、资本论、制度经济学、存在主义、后现代主义、后殖民主义，等等等等。也许是因为中国传统社会读过书的没有闲人，闲人才能天马行空地胡思乱想，一不留神便做出了学问。中国人何等聪明智慧，但聪明的中国人做官去了，做官一身忙，自然也就只能专注经世致用的实学问，根本无暇考虑形而上的玄学问。

养一批闲人，做一点学问，闲中出学问。

偶然与幸运　2007 年 9 月

人们常说命中注定之类的话，佛家说一切都是机缘使然，一些学过《易经》的人也往往将别人一生中的事情一一道来。后来蜻蜓点水般地看了一点复杂系统效应和网络理论的书，似乎说的也是某种偶然事件的发生，会引发一些完全出乎意料的事情，比如亚马孙的蝴蝶翅膀一动，印度洋却因之发生了海啸、地震等。这些事情说不清楚，但有时一些似乎偶然的事件凑在一起，倒是真成了人生的幸运。

小的时候，我姐姐的一个同学在我老家的区图书馆工作。我十三岁那年，“文化大革命”爆发了。一下子，所有的图书馆都关闭了，“封资修”的书都被封了起来。不再借书还书，图书管理员也就没有什么事情做了。我姐姐的这位同学便开始读这些封存起来的书，觉得很有意思，晚上下班的时候，就把没看完的书偷偷拿回家里接着看，第二天上班时再偷偷带回去。后来几个好朋友知道了，就向她借。于是她就每次拿回两三本借给大家，分而读之。我姐姐恰恰是这个小圈子里的人，所以几乎每天都可以拿回一两本书。

拿回的书往往是第二天一大早就要还，所以，只能熬夜来看。如果姐姐手头有两本，就会扔给我一本。

记得开始最爱看的是法国科幻小说，就是凡尔纳的作品，有《海底两万里》《八十天环游地球》等等。一看就着迷，通宵不眠。反正也不用上学，早上还了书再睡觉。开始的时候，法国小说居多，莫泊桑的短篇小说，比如《羊脂球》，看着会落泪；而《莫兰那头公猪》看着则是要发笑的。巴尔扎克、雨果、福楼拜、左拉、都德、司汤达等大约都是在那时候看的，雨果的《笑面人》给我留下了极深的印象，内心的连绵痛苦和脸上的永恒笑容总是拧合在一起。还有都德的《最后一课》，他真是将母语的魅力发挥到了极致，让小鸟都在静静地听。再就是司汤达笔下的于连，似乎所有的女人都喜欢他。

俄国小说也是大家的所爱。我姐姐的那些同学看完后互相讨论，完全是闲着无事可干的闲聊，但是，小说的情景却深刻地留在了大家的脑子里。普希金、托尔斯泰、陀思妥耶夫斯基、高尔基、肖洛霍夫等。有一本普希金的选集不知怎么后来一直放在家里，如果没有记错的话，里面收入了普希金的三篇短篇小说和长诗《茨冈人》。后来又是英国的和美国的，像狄更斯的小说，还有美国作家德莱塞等人的著作，比如《嘉丽妹妹》。当时觉得英美小说没有法国和俄国的小说有意思，当然也有例外，像是杨宓先生翻译的《名利场》。后来学了英语，便将英语和汉语的都拿来对着读，觉得杨宓的翻译比原文更有嚼头。这种感觉在读王佐良先生译的培根的《谈读书》时也有同感。“读书足以怡情，足以傅彩，足以长才”，比原文更加工整，也更有味道。

完全是偶然的事情，我姐姐在家无事可干，我在家里无事可干，我姐姐的同学在区图书馆工作。这些巧合凑在一起，就使我在那段时间里读了许多的世界名著。虽然当时似懂非懂，但毕竟是看过了，有时还听姐姐她们讨论，所以印象很深，直到现在还能记得一些情节。后来开始学英语，有些小说的英文本也读了一遍，译成英文的法兰西、俄罗斯小说比用英文直接写成的小说容易读，读的时候，过去看过的一些情节也会在脑子里跳出来。完全的偶然，却蕴涵这份幸运。回想起来，觉得有点不可思议。

上了大学开始学英文，非常偶然地碰上了一位精读老师。他是上海外国语学院毕业的，语言功底非常好。冬天总是穿一件灰色的中式棉袄，扎一条紫红色围巾。这位老师第一次上课就把我们镇住了。他真是一位合格的教师，一张口，语音纯正，不紧不慢，口齿清楚，几乎没有一点语病和口误。要做到这一点，对于一个母语非英语的人来说，实在是不容易。再看板书，无论是英文还是中文，都十分漂亮。言谈举止、中文英语，足以为人师表。

大约一个月后，他突然把我叫到他的家里。他从一个纸箱子里拿出几摞稿纸，让我看。他说，这是他在大学写的作文。我惊诧。写得真好。他问我能写成这个样子吗，我说不能。他说那就每个星期写一篇吧，写完交给他改。我有点受宠若惊，之后便每周交给他一篇英文的作文。他改好后再还给我。他教我们到大二，给我改了很长时间的小灶作文。毕业后问起同学，大多都不知道这件事情，看来只有我一个人享受了这种特权。

碰上这么好的一个老师，实在是偶然得很。但一年多的作文训练，却是我的幸运。可能人的一生就是由无数的偶然组成的，其中有幸运，当然也有悲伤。

2008年

心的阅读　2008 年 1 月

前几天，我的一个博士生的论文发表在一本颇有影响的国际关系学术期刊上。我是编委，首先收到了样书。打电话告诉学生，他还没有看到自己印成铅字的论文，说立刻去书店买。我说可能还没有上架，听到他激动的声音，我便让他过来先把我的拿走。他气喘吁吁地跑来，捧着期刊看了又看，我从心里为他感到高兴。我二十四岁才开始上大学，过而立之年才漂洋过海，求学彼岸，四十一岁才拿到博士学位。这些年来滚打拼杀、呕心恶补，常感疲惫。培养学生似乎成了自己学术生命的延续，所以，最大的欣慰莫过于学生在学术上有了成就。

昨天，我编的一本书出版了。出版社送来了样书，书中也有一章是我和这个学生一同写成的。我又打电话叫他过来，将书给了他。他坐下来，说：“老师，我把上次发的论文先给我父母看了，我父亲说他看了几遍，但看不懂，不过能够发在这本杂志上面，他说一定是写得很好。我也会把这本书首先给我父母看。”我听了，一时竟然无语。

学生走了。我坐在沙发上，许久没有出声。我感动了，因为这个学生第一篇印成铅字的论文竟然是先给完全不懂他的专业的父母去看。我第一次看到自己的东西印成铅字之后，也是先给父亲寄了回去。那时，我在北京的一所大学读研究生，同时也与别人合作完成了上下两册的一部书稿。那是一本称不上学术著作的东西，是一本很简单的英语教材辅导书。但毕竟印成了铅字，并且有自己的名字署在封面上。回想起来，我当时的心情和这位博士生大概差不多。拿到样书之后，在宿舍里翻来覆去把玩良久，兴奋之中，首先想到了父亲。他是一个多么看重学习的人，多么喜欢书的人。他一生中最喜欢的家具就是他自己设计的一个书柜。如果他能看到儿子写的书，将它摆在书架上，他一定会十分欣慰。我赶到邮局，用挂号信将我拿到的惟一的样书寄给了父亲。放假回家，这两册书果真摆在书架最显眼的地方，并且包上了牛皮纸的书皮。母亲告诉我，父亲一有时间就拿出来翻翻。大概我的第一本书，真正一字不漏从头看到尾的只有我的父亲。

我的学生这几年陆续发表了一些论文，论文是学术成果，是思想的表述。而一旦发表，就使思想得以彰显，知识得以传播。对于个人来说，如果你真的是用心血去思考、用心血去撰写，那么，它的发表出版，也就意味着你的心血得到了承认，你的心血化成了知识的雨露。每次学生发表论文，我都会仔细地看一遍，一方面是看看里面有什么问题，这可能是当老师的职业病。当然也有窃喜的成分，也就是说，看只是为了看，只是因为作者是我的学生，只是为了得到一种心灵的满足。看来，自己总想让学生多发一点东西，灵魂深处还是有私心的天地。

我的父亲不懂我的专业，但懂我的心，所以会用心去读我的论文，不懂的东西也会一字不落地看完。我的学生的父母不懂专业，但懂他的心，所以也一定会用心去读他的论文，也会一字不落地看完。其实，做学问的人当然求自己的学术影响，发表论文的功利和非功利目的都包含在其中。但是，做学问的人首先是人，他也希望有人真的用心血去读他用心血写成的文章，即便读者根本不懂他写的内容。

自启蒙运动以来，理性似乎成为人类最重要的素质，尤其是学术的最重要概念。纵观自己专业的学术大作，也多是以理性主义为思想基石的。但是，人毕竟是人，情感的相通对于人来说是不可或缺的。一个人发表了几篇论文或是出了几本书，他当然会希望有人真正开动脑筋，思考他的问题、批判他的思想、深化他的学问。但同时，他也一定希望用心去读他的文章的人，只是为他的思想感到高兴，只是为他的成绩感到欣慰，只是心的喜悦和满足。我期待前者，也期盼后者。

Ditchley 的冬天 2008 年 2 月

2008 年春节刚过，就应邀到英国的 Ditchley 庄园去开会，讨论的内容是冷战后的国际体系和国际秩序。离开北京的时候是很不情愿的。一是开会的时间仍然是我们中国人过年的时间，当然，也不指望外国人会有中国春节的概念。二是今年的冬天特别冷，冰雪封冻了半个中国，这是五十年都不曾有过的事情了。电视上也报道说，美国和英国也受到暴风雪的肆虐。“绿蚁新醅酒，红泥小火炉。晚来天欲雪，能饮一杯无?”这样的天气，最惬意的不过找三五知己，围着热气腾腾的火锅，一面闲聊，一面喝几杯烫好的黄酒。或是沏一壶陈年的普洱，放在陶炉上任小火温热，独坐窗边，一边无目的地看，一边无目的地想，一边不经意地品着热茶。无奈更多的时候是听鼓应官，身不由己。

Ditchley 庄园原来是一户 Lee 姓贵族人家的私人庄园，从 1583 年到 1932 年，都是 Lee 家的宅邸。1722 年重建，成为一所典型的乔治式庄园。Lee 家祖上曾经娶过查理二世的女儿，是皇亲国戚，所以厅里还悬挂着查理二世的画像。大概是这家人家后来家境破落了，养不起这样大的一个宅子，就被一位勋爵买下来，连同周围一百五十公顷的地，全部赠与 Ditchley 基金会，专门用来召开有关国事天下事的会议。丘吉尔不知为什么相中了这个地方，第二次世界大战期间常常在这里过周末。现在，地下室里还有一些丘吉尔的相片。其中有一张很有意思，丘吉尔叼着大雪茄，饶有兴趣地看着地下一条扭动的草蛇，颇有童趣横生的样子。

Ditchley 成了一个开国际会议的地方。我过去收到过两次邀请，但都没有成行。从附来的小册子看，是个很漂亮的地方，距离伦敦还有一个半小时的车程，离牛津很近。下午两点多钟下飞机，从希思罗机场乘车前往 Ditchley，气候并不像想象的那样冷，摄氏十二度，比北京暖和，路边的一些树木和草地还泛着绿色。那天碰巧伦敦的气候也很好，阳光照在大地上，迎春花都开了，似乎春天已经走来。出了伦敦，就是英国的乡村风光，两边是修理得整整齐齐的草地，黄中泛绿，时有牛羊悠闲地吃草，偶然也可以看到乡村房舍上的几缕白烟。

到了 Ditchley，看到的是一个很大的庄园，四处全是树和草地，似乎比路上看到的还要绿一些。车在庄园里开了十几分钟的样子，就到了一幢楼的旁边。这是一座总体呈一字型的黄色楼房，从外面看，也没有什么亮丽的地方，方方正正，规规矩矩。比起北京恭王府的精雕细琢、雕梁画栋要朴素得多，也含蓄得多。刚到门口，就有一个衣冠整齐的侍者把门打开了。他穿一件白色衬衣，打着领带，黑色的裤子，黑色的皮鞋。进门之后，有一女士负责接待，在一个很大很重的本子上让我们签上自己的名字。她说许多历史名人都在签字簿上留下过名字，让我突然感到有点诚惶诚恐。旁边站着一位男士，着藏青色细条纹西装，打领结，西装上衣口袋有白色帕巾。显然这是 Ditchley 的管家。据说英国的管家是世界第一流的，举止得体，衣着整齐，言语不多，大家谈话、品酒、吃饭时似乎根本感觉不到他的存在，但需要的时候他又不等你将需要的东西说出口，就为你准备妥当，送到手边。不需要时似不存在，有需要时心领神会。突然记得几年前接待过一个沙特的王室成员，他说一生中有两大享受，一是美酒，二是一个上好的英国管家或侍者。在 Ditchley 的两天，每时每刻都感到此话不假。

英国人愿意将自己浸泡在历史中，并愿意享受这种浸泡的松软舒适和扬扬自得。大大小小的房间都有各自的名称，比如 Velvet、White、Tapestry 等等。内部装潢透着英国贵族的豪华奢侈，但毕竟显得陈旧了，餐厅、起居室、客厅等等都是古老的装潢：每一间房子都用不同的墙纸或墙布，每一间房子都挂满了很大的油画，多是这个家族不同时期的成员——爵士们、太太们、公子小姐们。置身其中，也似乎回到 18 世纪的英国。很多达官贵人都在这里住过，但是，女王的照片、丘吉尔的照片，还有卡特、科尔这些总统首相的照片，都只能挂在地下室里。

房间很小，一张床，一张小书桌，一个大衣柜，都是很古老的东西。很高的床，很厚的窗帘，许多房间都没有卫生间，只好到房间外面洗漱方便。电视、电话都没有，似乎一切现代化的东西都是多余。起居室里有一台电视，大概是十八英寸左右，那么大的一个起居室，这般尺寸的电视机，若不专门寻找，几乎是看不见的东西。我们想看一看新闻，但摆弄了半天，也没有什么台，只好作罢。但在客厅、起居室等地方，都有烧得很红火的壁炉，壁炉有的烧煤，有的烧木柴，坐在旁边的沙发上，暖洋洋的，还可以闻到一丝淡淡的木头或是煤块的原味。

刚刚在壁炉边坐下，管家就送来烧好的咖啡。咖啡杯是纯白色的陶瓷杯子，盘子和装牛奶、糖的小罐子都是银器。一呷入口，苦涩中带着爽滑和绵软，浓郁中又觉清香，真是好咖啡。看着一闪一闪的红红的炉火，细细地品着纯正的英国咖啡，靠着炉火的半边身子和脸都感到暖洋洋的。沙发也很软，人是瘫在里面的，不想明天的会议，也不想喧嚣与烦躁，尘世的风雨是那么遥远，一切思想的沉重都在炉火中融化了，一切行动的负担都在咖啡中消失了，剩下的只是无思无念无行动的可以忍受和可以享受之轻。

大概是时差的缘故，第二天很早就醒了。拉开厚厚的窗帘，外面浓浓的白雾笼罩了整个庄园，一切显得神秘，甚至令人有几分恐惧。在小说家的世界里面，这样的庄园里不知发生过多少故事，桑菲尔德、呼啸山庄等等。不久，太阳出来了，慢慢地，慢慢地，可以看到红色的光。推开重重的大门，走到空旷的草地上。草地上还结着一层白霜，踏上去，发出沙沙的声音。人完全是在白雾的包围之中，几尺之外，就什么也看不见了，只有一层一层白色的雾气和刚刚升起的还没有太大威力的太阳。树是朦胧的，走近看，树叶上是清澈的露珠。鸟的叫声穿过了雾气，但又包容在雾气之中，不是十分清脆，却深沉甚至神秘。

太阳越来越高，向阳的草地上的霜开始慢慢地融化了，淡淡的白霜变成了碎圆的露珠，闪烁中显出了绿的草。走在上面，软软的，湿湿的。上面的白雾越来越淡、越来越稀，地表的雾气仍然很重。太阳照着，一丝绿草、一丝白雾、一丝阳光，混合成一种软软的味道，十分地好闻。站下来，环顾四周，树梢已经从白雾中钻了出来。奇形怪状的树，曲曲弯弯的树干，树梢沐浴着阳光，树干笼罩着白雾。这些树都经历了英国多少年的风风雨雨，可能也像英国人一样敬畏历史，它们的身上结了厚厚的青苔，就像古瓷器和古铜器身上的包浆。它们与这个庄园一起生活了五百年，天天这样安静，这样淡然，活得清清爽爽，活得与世无争。

铜锣声响了。这是开会的声音，类似集结号之类，一切都遵循着 Ditchley 的传统。大家都回到了房子里，在会议室里正襟危坐。欧盟外交与防务高级专员索拉纳来了，原俄罗斯外长伊万诺夫来了，还有美国人、英国人、西班牙人、日本人。中国和印度在 21 世纪成为世界关注的对象，讨论国际秩序也不能少了我们。无数对和平与稳定的威胁，无数对世界秩序的挑战被一一提出，诸如战争冲突、恐怖主义、武器扩散、气候变化，还有贫穷、疾病、人权、主权、塞尔维亚、科索沃等等。发言十分热烈，争论唇枪舌剑。我抬头看去，窗外是一片 Ditchley 的安谧和宁静，万里晴空的无限和碧蓝。

梦中的普罗旺斯　2008 年 8 月

记得还是刚刚从法国回来的时候，偶然翻起《英语学习》，看到里面引了英国作家彼得·梅尔的一段话："每次度假都像是完成公务，全身披挂各种包囊，五天之内豪迈地遍游欧洲，像一群被赶的鸭子，走马观花，行色匆匆，也许只有普罗旺斯——世界上惟一不用做任何事情就可以玩得非常开心的地方，能让我裹足不前，在这里，时间不受到崇拜，瞬间倒有了独特的意味。"也许是在法国多次听到普罗旺斯，梦中的普罗旺斯是一片一片的田园和一束一束的薰衣草。也许是想去而又没有去成的缘故，看到这段话，回想起一个又一个的梦，敏感中又多了几分遗憾。

彼得·梅尔写过一本书，叫《美好的一年》，写的是普罗旺斯。书中，梅尔借哈里叔叔的口对主人公马科斯说："如此忙碌地什么也不做，如此忙碌地享受一切的一切，全世界就只有普罗旺斯一个地方。”梅尔欣赏的是普罗旺斯的那份悠闲，那份缓慢。也许只有在这样的没有时间只有空间的地方，才能感受到人生的美好和薰衣草的美丽。梅尔的书使没有去过普罗旺斯的人们又多了几分想象。想象中的普罗旺斯成了梦中的情结，除了薰衣草的雪青色海洋，还是石头铺砌的小路，是小路旁边的咖啡馆，是咖啡馆门外一张一张的小圆桌和桌子旁边慢慢喝着咖啡的什么也不做的普罗旺斯人。

这次在法国时间比较长，决定在欧洲旅游。虽然过去多次去过欧洲，几乎西欧的国家都去过了，北欧也去了一些，但每一次都是实实在在的公务，行色匆匆。开完会就离开，利用开会的间歇去附近看看几个知名的景点，比如卢浮宫、伦敦桥等，大约连走马观花都算不上。这次住的时间较长，所以想去更多的地方看看。提到了普罗旺斯，但最后的决定还是随着一个旅游团南行，沿途有蔚蓝色海岸、尼斯、戛纳，还有圣马力诺、梵蒂冈、摩纳哥这些袖珍小国，最后是十分期待的意大利，那里有古罗马的斗兽场、废墟、遗迹。是走马观花地拍照留念还是切切实实地感受生活的瞬间，我们选择了前者，无疑是理性的选择。当我们站在罗马的斗兽场中，站在摩纳哥的海边，站在梵蒂冈的教堂里，确实是在劳顿中感到了震撼，在奔波中看到了美丽，在疲惫中领悟了神圣。几百张照片每一张都留下了理性的痕迹和美丽的景象。

但心中仍然惦记着普罗旺斯。

记得在罗马一个很大的广场上，有一家很大的咖啡馆，广场的气势十分宏伟，加上更加宏伟的教堂。我们坐下来喝杯咖啡。侍者都是男性，虽然天气很热，但都是白色上装、黑色西裤、黑色皮鞋，腰间围着一条白色的小围裙，很绅士，也很专业。记得在香港曾去过一间英式餐馆，好像就在跑马场附近，侍者也是清一色的中年和中老年男士，脸上好像没有表情，但服务质量是一流的。他们可以随时观察到顾客的需要，而在顾客交谈的时候，他们又似乎无影无踪。他们也是穿正式服装，饭菜很好，氛围也是特别正式和拘谨。和罗马广场上的咖啡店不同的是，香港西餐馆的食客衣着都比较正式，而在广场上的咖啡店里，饮客却几乎都是旅游者，所以衣着散乱，什么舒服穿什么，有的甚至邋遢不堪，与那些着装正式的侍者形成了鲜明的对照。

喝着咖啡，身体得到了很好的休息。行军式的旅游之中，坐在一个咖啡馆，喝一杯咖啡，更多的是喝着时间，但毕竟集合的钟点是早已固定的。有人说，自由永远是一种理想，因为只有一个人的地方才是充分自由的地方。两个人相处，自由就减去了一半；三个人的场合，自由就只剩三分之一了。旅游团是团体，所以，大家的自由只能建立在个人牺牲自由的基础之上。所以，悠闲之中仍要记着集合的时间，懒散之中仍要享受正襟素面侍者的服务。

普罗旺斯的不同，就在于那份悠闲是没有时间限制的梦幻，是所有时间都变成空间的天地，是没有他人和团体拘谨的本我，是空白的思想和空白的心灵，是随心所欲的无限，是近在眼前的遥远。至少，这是梦中的普罗旺斯。

在巴黎，我也去过一些咖啡馆。曾经在香街旁的咖啡馆，一面喝着啤酒，一面看着来来往往的人群；曾经在双偶咖啡馆，一面喝着咖啡，一面想着古往今来的文人骚客；也曾在圣日耳曼大街上喝过咖啡，回味刚刚漫步过的奥德赛博物馆；还曾在戛纳的麦当劳、尼斯的星巴克喝过咖啡，那是找个歇脚的地方，喝的不是咖啡，而是一种像咖啡、叫咖啡的东西，热乎乎地减缓了身体的疲惫。

偶然的一天，偶然的一场小雨，我走到了一个不知名的街角，坐在了一个不知名的咖啡店里。门外有几张小圆桌，一个人也没有。我走进咖啡店，要了一杯 espresso。老板、侍者均是一人，年纪不小了，穿得也很随便。他很和气地说了几句我也听不懂的法语，一脸的笑容，一身的随意。我稍等了一下，便闻到了咖啡的香气，绝对不比双偶之类的差，只不过没有那么多的讲究，没有粗的褐色的砂糖和不含糖的糖。走到门口，在小桌边坐下，点起一支烟，呷一口咖啡，然后便无所事事地看着小街。也许是天还太早，也许是下着小雨，街上几乎没有人。雨点打在遮阳棚上，像是很温馨地按摩着人散散的心。四下望去，都是延伸出去的小路，路的尽头是转弯，转弯之后必定又是延伸……

雨还是在不紧不慢地下着，忽然勾起一丝思绪，好像感觉到了梦中的普罗旺斯。梅尔的《美好的一年》为普罗旺斯带去了多少游客，不知他们匆匆的脚步是否会让他们领略普罗旺斯的真美，也不知这些游客在多大的程度上惊扰了普罗旺斯的灵魂。其实，普罗旺斯也许就是一种感觉、一种意念、一种心境。改一改梅尔的原话——如此忙碌地什么也不做，如此忙碌地享受一切的一切，全世界就只有一个地方，那就是梦中的普罗旺斯。

2009年

棋　局　　2009 年 3 月

偶然翻书，看到章秋农的《周易占筮学》中有一段关于围棋和象棋的评论，感觉很有意思。他是这样写的：

> 围棋棋盘格子死板，毫无变化，棋子除了黑白为对以分二方外，所有棋子没有区别，无谁大谁小，无分工，不知性能。可一落到棋盘上，突然活起来，都在谋着杀，一着能使满盘皆活，或满盘皆输，变化莫测，不可端倪。这正是典型的中国文化。有一位我所佩服的先生著文说："象棋的最大优点，也是较围棋的最大的进步是：每一个棋子有每一个棋子的性能。"这真使我大失所望。他不知道围棋的无可无不可正在个中，且又不知道中国人对于他手中的东西最讨厌有固定的性能。

不少人描写中国的象棋和围棋，说围棋才是中国的本色，因为象棋更像是西洋的国际象棋，每个棋子各有分工，大家以一种游戏规则聚合在一起互动，因而产生出许多的变局和结果。围棋则不然，每个棋子没有前世定下的身份和功能，到了棋盘上才龙腾虎跃，各自依照自己所处的位置厮打拼杀，发挥作用。一盘围棋，无异于一个变化万千的关系网络，每一个黑子白子，更像是网络上的结点，子无大小，而是依据它与其他子的位置关系来定力量、定作用，乃至定身份，在黑天白地里杀出一番威风。所以才有上面章秋农的一番感叹。有的时候，看到那黑白交错的棋局，似乎是看到了中医的经络图，网线委蛇，四通八达，一处阻滞，遍体病痛。

从围棋想起了我们小时常下的五子棋。几块石头就是棋子，大石子为一方，小石子为另一方，小伙伴们围在一起，双方鏖战激烈，大家评头论足，很快一个下午就过去了。那是一个物资极其匮乏的年代，商店里的军棋、象棋、围棋对我们来说都是奢侈品，连想都不会去想。邻居家里有一副象棋，也是很珍贵的，偶尔拿出来下几盘，那也是大人之间的事情，我们这些小孩子只有围在一旁看的资格。

五子棋不一样，几块石头就足够了。但是一到了在地上画出的棋盘之中，就是变化无穷了。几块石头都是一样，不像象棋那样有将帅，有士象，有车马，分工清楚，各司其职。而五子棋每一个棋子在落下去之前是没有分工的，但是到了棋盘上，到了这个扑朔迷离的关系网络之中，棋子就有了生命，或杀或冲或挡或破，全凭着它与其他棋子的位置关系而定，全凭在棋盘这个条条格格组成的网络上的经纬活动。五子棋自然也是中国的东西，因为它的规则就是没有规则，一切尽在变化之中。

又想起中国的语言。汉字是一种十分独特的文字，象形会意，婉转成字，灵气一身，变通无极。已故的语言学家、北京大学教授徐通锵先生研究中国文字独成一家，提出了汉语字本位的理论，大概是说汉语最基本的单位是字，因为字是汉语言的枢纽。他认为提倡字本位理论是为汉语寻根，是要摆脱汉语研究中的“印欧语眼光”，把字而不是词视为中国语言的根。如此说来，字就是围棋的一颗棋子。19 世纪西学东渐之前，汉语大约是没有成文的系统语法的，规则较之西文松散得多。一个汉字，可作动词，可作名词，可作形容词，不像西文中的许多词，名词就是名词，动词就是动词，词类清楚，功能各异。比如，“老吾老以及人之老，幼吾幼以及人之幼”，“老”“幼”二字都是既可作动词又可作名词的。“道亦道非常道，名亦名非常名”，等等，词类转化在古文中比比皆是。其实也不是转化，而是放在什么位置，就有什么功能。

马建忠先生依西文语法建构中文语法，撰写《马氏文通》，后人才开始区分主谓宾之类的句子成分和名动形代等不同词类。马建忠中学时代就在上海学习西文，据说英、法、拉丁、希腊等文字都是很有造诣的，后来又留学法国，专学国际法和国际关系。大概属于玩票之类，他开始以西文语法规矩中文，最后终成《文通》。这部大作对中文的贡献自然很大，对外国人学中文用处更大，但在实际运用之中，一个汉字是在句子里面才被赋予了意义和功能，单独一个字是很难说得准的。西文如国际象棋，汉字如围棋，汉字的词类、功能和意义更加依赖于上下文，依赖上下文编织起来的意义网络，在哪个节点上则具有哪种功能和意义，则可划为哪种词类。似如中国社会更加倚重环境，中国文字更加倚重语境，而西方社会更加倚重个人，西洋文字更加倚重单词一般。汉字，字无定义，字无定类，字无定势，随文而行，随意而飘，随心而成。“春风又绿江南岸”，一个“绿”字，多么随心，多么写意，多么别开生面。

有人说中国的文化是水文化，也就是说水无定形，随流而变。水总是在变化，总是在无可无不可之间，总是就着地势而流动。一汪江南的湖水，那样宁静，似乎没有一丝力气，但其秀美、其精致、其温柔，可以包容一切，化解一切。一条北国的大河，奔流不息，昼夜不舍，勤勤恳恳，任劳任怨。但骤然间温柔的、粗犷的却都可以发出雷霆万钧之力，温柔和朴实瞬间变成摧毁一切的力量，故而

“水火无情”。水的力来自水势，来自地势，来自天势，而这种借势而发的力却是摧枯拉朽、无可抵挡的。仁者乐山，因为山如道德操行，固而不动，持之以恒；智者乐水，因为水如智慧心计，流而不滞，借力而行，变通无限。

西方人对水的理解却不然。曾经在一本书上看到福柯关于水的描述，内容大致是坚实的土地代表的是理性，而动态的水则代表了非理性，所以，他把水与疯癫联系在一起。大约凡是动态的东西就是难以捉摸、难以确定的。不像我们的祖先，总是认为智者乐水，智者动，智者乐。一座城市，若是没有一条与之相伴的河流，似乎这座城市就没有了灵气。更何况水还与大的道理联系起来，于是有了“上善若水，水善利万物而不争，处众人之所恶，故几于道”之说。不过细想起来，中西之间也有一点共同之处。福柯将水视为非理性，而曹雪芹将女子比作水，大约也是说感情的东西多了一些。不过，以水拟女人，第一感觉是清爽和怡人，而不是疯狂和痴癫。水的社会，人情流淌。

我小时候，常看舅舅打太极拳。他打太极，主要是为了锻炼身体，但他的架势很好看，动作舒缓，身形飘逸，似乎总是在一圈一圈地画着大的很和谐的圆。我记得曾经问过他，这样的拳似乎没有气力，所以也就达不到锻炼身体的效果。舅舅笑我不懂太极的道理。他说，外表看出用气力的拳脚，实际上是没有什么真正用处的。太极的气力用在内里，内里越是修炼有成，外表越是显得自然平和大气，因为你体内整个经络网线都在无形中初始发动，身上的所有肢体系统都在无形中随意而行。这就是只重其意，不重其形。有一句电影中的台词似乎是忘记所有招数就是太极。舅舅告诉我，太极不但可以锻炼身体，而且是真正有用的拳术，懂太极的人并不用自己的气力，而是借别人的气力，变他人之力为我之力，并且，太极最高的境界是“化”，化了力，也化了人。

无论是围棋、太极拳还是汉字水文化，都是以势为凭，以动为灵，以变为本，以通为行，以无为达有为，以无形胜有形。

高考 1977　　2009 年 3 月

刚刚进入 2007 年，大学的同学就开始相互联系，说是要庆祝上大学三十年。我们是“文革”后的第一批大学生，1977 年恢复高考那一年参加的考试，1978 年春季开学的时候走进了大学的校门，史称“77 级”。如果按年头算，三十周年实际上是高考三十周年，2008 年才真正是入学三十周年。但 1977 年的那次高考是如此激动人心地改写了历史，它已经成了一个时代的符号，使 77 级这届怪异而非凡的学生在懵懵懂懂但却兴奋不已之中率先迈出了新时代的第一步。要纪念，自然是既要纪念 1977 年的考试，也要纪念 1978 年的入学。于是，聚会的日子定在 2007 年 12 月 31 日至 2008 年 1 月 1 日，地点是在母校，在原来上课的教室里面。

我是几乎没有上过学的一代人。小学后就赶上了“文革”，学校都关了，老师也成为最不令人羡慕但又最为清闲的职业。后来在复课闹革命的时候上了一点点课，就是这一点点的课，一点点的数学、语文、英语……使人永远地记住了学校、老师、知识。小的时候，父亲的灌输是上学读书。真正从自己的心里涌动起读书的热流，是在复课闹革命的高中时代。高中毕业之后便去教中学，无限羡慕地看着那些读过大学的同事。记得当时有一位教外语的老师，身体很差，精神也总是有些恍惚。人们常说没有了健康就没有一切，但我依然羡慕他，因为他读过大学，是正规大学的外语系本科毕业的。别说是身体有病，别说是神经有问题，即便用整个生命去换取，好像也依然值得。

能够上大学，真是机缘。2000 年，我们班毕业后第一次在青岛聚会，当时到了十几个同学。我曾写下一首小诗，纪念那次聚会，诗的题目就叫“缘”：

我感悟缘。
很小的时候，
我就冥想大学高高的门槛，
老师、同学、宿舍、校园，
白云环绕的五彩宫阙，
碧水涤洗的一方青天，
一个不敢做的梦，一个不能许的愿，
美丽，遥远。

我思念缘。
踩着荆棘和落叶,
偶尔也碰到绿的草和红的花,
走到了大学,踏进了校园,
二三一宿舍,七七级一班,
物化了的天上人间,
更加美丽,
却不再虚幻。

我经历缘。
我走了,大家走了,
向东、向西、向北、向南,
为了一个永不可及的超我,
和一个渺渺无际的虚幻,
七七级一班走了,
七七级一班成了记忆中的恒远。

我反省缘。
安静的夜,
我闭上疲惫的双眼,
看见大家,在白云环抱的宫阙里,在碧水涤洗过的青天下,
跳着沉甸甸的现代舞,说着懵懵懂懂的夜话,
人人带着京剧的脸谱,

不知是笑、是哭、是酸、是甜。

我追忆缘。

大家回来了,从东、从西、从北、从南,
极夜的阳台,海滨的山涧,
人父、人母、人夫、人妻,
经理、教授、人民公仆、上校团副,
一切人造和群造的角色闪烁而去,
还是我们的班长,我们的老张,
还有,第一次教我跳舞的生活委员。

我领受缘。

你中有我的感悟,
我中有你的体验,
路途上注定的相识,
记忆中永远的灵念,
放肆的轻松,
亲近的遥远,
真我的无穷与无限。
我解读缘。

当时写下这首小诗，第一段就是写了自己对大学生活的向往。多少年里，这种向往确实是一个不敢做的梦、一个不能许的愿。看到父亲对大学生那种羡慕的眼神，总感到一种刺心的内疚。他为两个女儿选了大学生的丈夫，但是自己的儿子却没有上过大学。虽然是不敢做的梦和不能许的愿，但长久的压抑使得向往在心底里生了根，永远也剜之不去。于是，这深深埋藏起来的向往总是期盼这一丝生的念头，滋养在心头滴下的鲜血之中，不断地产生着光亮和动力。

这种向往已经是畸形的了。但是，畸形的东西往往有着超乎寻常的畸形生命力和耐久力。它不断地推着你，即便在毫无希望的时候也会时而激起你一阵又一阵心的跳动。直到 1977 年恢复高考。虽然当时已经是充满沮丧和徘徊，虽然一次又一次地劝说自己放弃，但参加高考才是心底里真正的意愿，是一种咬着牙的意愿，是一种明知不可为而为之的意愿。那种悲壮，真有点“风萧萧兮易水寒，壮士一去兮不复还”的意思。所以可以疯狂而不知停滞地复习，可以一天挨着饿坚持高考答卷。

二十四岁开始上大学，学英语。虽然年龄已经着实不小了，但由向往产生的动力却没有减弱。既然有了这个机缘，就不仅要抓住它，还要时时刻刻咬定而不放松。不间隙的涌动似乎使人的年龄倒退，使人换回了昨日的血液，迸发出一种年轻的力量，既是被压抑的迸发，也是对未来的消耗，不过在那被涌动的日子里，力量是超限的，甚至是超然的，似乎把人的精气神集中到了一个不动的时间和空间。

与大学的缘分似乎是不可须臾分离的。在这种畸形的涌动之下，我开始读研究生、留学，要拿到最高的学位，要补偿过去的缺失，要慰藉父亲的亡灵。学士、硕士，最后终于拿到了博士学位，一路走来，十分艰难。高考完后，几个朋友去看电影庆祝，我记得当时是昏睡在电影院里。在美国读博士的时候，综合考试无疑是最令人心惊肉跳的事情，考试的前一晚上，竟然先后吃了好几片安定。在无数次的竞争之中，拿着自己仅有的自我去拼，耗的自然是血和生命。但在授予学位的典礼上，听到我的名字被外国人用十分滑稽地腔调念出来，那一刻却是没有喜悦的空白，胸中某个地方似乎要发出一点笑声，但却没有意念鼓起足够的气力将那一点点的笑送出来。没有知觉地上台，没有知觉地接过了学位证书，偶尔感到一丝极度的疲倦，好像整个身体和大脑都浸泡在铅水之中。不过，四十一岁的心毕竟有一种完成某件事情的轻松，仿佛游离而去，漂浮在铅水之上，居高临下地望着疲惫无力的身体和大脑，以及所有的大学和大学所有的光环。

这次聚会之后，我写下了一首英文的小诗：

My Old School, My Sweetheart

My heart is again and again back to you flying,
Flowers blossoming and birds singing.

Without a word I'm back and forth waking,
Pausing every minute and every inch, musing.

First time I climbed unto a hall of knowledge,
I was awed by your face awing.
First time I entered a room of love,
I was warmed by your heart warming.

You encourage me when I'm hopelessly fumbling,
You caress me when I'm lonely crying,
When I'm on the spotlight you are away fading,
When I'm in the dark you are close coming.

Who am I, and who are you?
So that I can get your care with your face smiling?
Who am I, and who are you?
So that I can get your smile with your heart caring?

My old school, my Alma Mater,
I love you and you are my first love,
I live you because you are my life,
My old school, my lifelong sweetheart.

在 1977 年参加高考之前之后，我向往大学；在 1978 年走进大学校园的时候，我敬慕大学；在 1994 年我拿到博士学位的时候，我依恋大学。我庆幸的是自己依然在大学，虽然永远不是大学的学生了，但我每天都可以看到一群一群的学生，看到永恒的年轻和热切。

我爱大学。

普林斯顿印象　2009 年 7 月

2008 年初，我应普林斯顿大学和康奈尔大学的邀请去美国讲学。第一站就是普林斯顿。我虽然在美国度过近六年的时间，也久闻普林斯顿大学的名气，但是一直没有去过。对普林斯顿的直观印象是有一年在飞机上看了电影《美丽心灵》，那部片子是描写美国普林斯顿大学教授约翰·纳什的，这位有点神经质的教授获得了 1994 年诺贝尔经济学奖。当年在美国读书的时候，因为学习博弈理论，知道这位数学奇才发现了纳什均衡，说明两个理性人的利益权衡达成了一种必然的结果。这种结果不是最好的博弈解，但是两人在理性的计算之中已经不能再有其他选择了。这位数学家对大千世界里的一切似乎都不太懂，他每日每时都在思索的就是他的数学，那不仅仅是他的自由王国，也是他心灵栖息的地方。数学给了他太多，已经成为他的生命。看电影的时候想起了陈景润，不知在什么地方好像与纳什相似。这部电影拍得很美，一些场景是在普林斯顿大学的校园里拍摄的。各种颜色的树木，各种样式的建筑，各种皮肤的学生，各种奇妙的思想。混合在一起，表现出的是美。

我提前一天到了普林斯顿，主要是想亲身体验一下这所大学。普林斯顿大学历史悠久，学校最古老的建筑是Nassau Hall，建于1756年。一进主校门，正对着的就是这幢老楼，这是学校的行政楼，端端正正的三层石头建筑散发着历史的气息。我一面端详这个建筑，一面与一位普林斯顿的研究生聊了起来。他见我是外国人，又是第一次到普林斯顿，便很热情地介绍起来。Nassau Hall在1783年的时候曾经做过美国的首府要地，历时四个月，大陆会议就是在二楼的图书馆召开的。这可能是它最大的荣耀了。美国独立战争时期，这个地方多次成为英美军队争夺的对象，一发美军炮弹还打中了大厅墙上的乔治二世画像，还有一发炮弹打在西面的墙上，至今弹痕仍在。后来又两次经历大火，烧得只剩下断壁残垣。楼门前有两个铜虎雕塑，是伍德罗·威尔逊那一届的同学送给母校的礼物。据说原来是狮子，后来换成老虎，老虎也就成了普林斯顿的“校兽”，好听一点的名字也就是“吉祥物”了。

普林斯顿的精妙之处在于“小”。小，首先是规模。

对于美国来说，综合性大学往往是几万学生。如今说来，可能只有中国的巨型大学规模较之美国的要更大一些。一些州立的公立大学，几万学生是很平常的事情。相比之下，普林斯顿属于袖珍型的学校了。本科生四千多，研究生两三千人。并且，美国其他著名大学都设法学院和医学院，惟普林斯顿校谱上没有这两个似乎具有标示性意义的学院。建校伊始通过的章程是强调人文和科学教育，是强调有教无类。虽然第一届学生只有十人，可谓小之又小，但无论何种宗教信仰的青年均有资格申请入学，这在美国殖民地时期应当是重大的进步。

虽然规模不大，但凡普林斯顿所设学科，均属世界最优秀之列。教师之中有多名获得过诺贝尔奖，分属物理、化学、医学、经济、文学、和平等项，可见各个学科不乏领军人物。不以规模取胜，而以精到见长，这便是普林斯顿的比较优势。正是由于规模不大，所以无论是研究生还是本科生，班级规模都不大。专职教师有近九百人，加上兼职共一千二百多人，师生比不到一比十，这足以使我们国内的大学羡慕和嫉妒了。试想一些各个领域的大师，带领不多的学生，在学习、在讨论、在争辩、在思考，其结果如何？就以我所在的学科为例，普林斯顿这几年已经聚集了几位顶尖的学者。学校还资助学生去听音乐会和歌剧，大概也是提倡素质教育吧。普林斯顿不仅培养了著名的学者，也培养出像 1771 级的詹姆斯·麦迪逊、1879 级的伍德罗·威尔逊等政治领袖。

普林斯顿的小，还在于它的校园。美国综合性大学的校园，往往是要开车赶课的，至少也要骑自行车。我在美国读书的时候，也买了一辆很破旧的二手汽车，因为没有车实在是无法生存。但是普林斯顿的主校园区很快就可以走完，到教室、到商店、到餐馆，都在步行范围之内，舍弃的是大的伟岸，保留的是小的精致。校园虽小，但很别致，且很安静。这也许是还没有完全开学的缘故。每一所楼房都有自己的风格，每一块区域都是一个小的天地。树木种类繁多，因此也就有了多姿多彩的绚丽。虽然是 2 月份，那年的普林斯顿不显得特别冷，许多树还是绿的，也间杂着其他颜色的植物，映衬着不同的楼房。小路阡陌，穿插于绿地之间，点缀着几个坐在草地上读书的学生，显得格外宁静。

普林斯顿之小，还在于它所在的社区。普林斯顿也是这个小城的名字，人口不过三万。一条主街，一边是商店和饭店，另一边就是普林斯顿大学的校园。我从学校出来之后，便沿着这条主街慢慢地走着。在一家专供大学纪念品的商店里，我买了一件带有普林斯顿校徽和颜色的圆领衫。普林斯顿的颜色是橘黄与墨黑，所以很多楼房也是黄黑间色。橘黄据说是为了纪念号称橘王（Prince of

Orange）的威廉三世，而黑色则是学生们在橘黄衣服上书写自己班级的墨水颜色。给我留下印象最深的是这里的餐馆很多，并且档次很高，与这样一个小城的规模相比，可能实在有些过分和奢侈。大概是特别用脑子的人也特别需要补充美味，而许多有意思的伟大的思想也会来自餐桌。

普林斯顿之小，成就了普林斯顿之大。小的规模，却培养了各界的大师；小的校园，却散发了宏大的思想；小的社区，却包容了不同文化。这倒是正巧符合了老子的辩证法。说到底，还是有容乃大。普林斯顿有两个校训：一是正式校训，称之为“神力庇佑普林斯顿繁荣昌盛”（Under God's Power She Flourishes）；一是非正式校训，称之为“普林斯顿服务于祖国，服务于万国”（Princeton in the Nation's Service and in the Service of All Nations）。我似乎更喜欢这个非正式的校训，万国之大是理想之所，理想之大是真正的大，因为理想之大是无限的。

治学境界　2009 年 7 月

王国维治学的三种境界，是人们耳熟能详的经典。他在《人间词话》中说：“古今之成大事业、大学问者，必经过三种之境界：‘昨夜西风凋碧树。独上高楼，望尽天涯路。’此第一境也。‘衣带渐宽终不悔，为伊消得人憔悴。’此第二境也。‘众里寻他千百度，蓦然回首，那人却在，灯火阑珊处。’此第三境也。”

王国维用了晏殊等古人的三句词表达了三种治学境界，更确切一点，他是在谈做学问的过程。第一境界说的是视野。治学必先有视野，望尽天涯路，知别人已做什么，什么仍然未做，这是首先要弄明白的。当然知道什么问题是重要的，什么问题是不重要的，也是做学问首先要做出的决定。第二种境界是勤奋。勤奋到茶饭不香、坐卧不宁的地步。光是苦读，也未必如此，自然也包含着苦思，实际上，苦思比苦读更会使人衣带渐宽，使人身心憔悴。第三种境界是顿悟，灯火阑珊处突然闪现的辉煌，手擎辉煌的喜悦，大功告成的轻松。阿基米德赤身裸体从浴缸中跑出来的时候，大概就是这种忘乎所以的心情。

从谋篇，到著述，到成就，王国维先生大概是要表述这样一种过程。从晏殊、柳永、辛弃疾，想到了李商隐。李商隐的无题诗脍炙人口，其中有三句也可以用于治学，大概不能算是境界，只能算是方法，抑或其他。第一句是“嗟余听鼓应官去”，通俗地说，就是用手做。用手做学问的人求应差而已。看到许多学子，每天要应付诸多的论文和作业，大多是用手做出来的。也就是稍稍思考甚至不加思考就开始动手，限定三个小时必须完成。如今又有了网络，如虎添翼，拼贴一番，也就完成了论文或是作业。整个过程不经过大脑，做完之后，仍是不知为不知。即便是多年的学者，也会或是难脱穷于应付约稿和项目的尴尬，或是不能承受虚荣之轻和口舌之重，只能用手做学问了。无论国内国外大学者，代表作不过一二，人的精力毕竟是有限的，但对人的要求则是无限的。故人们许多时候都是会走马兰台类转蓬的。

第二句是“春蚕到死丝方尽，蜡炬成灰泪始干”，暂且称之为用脑做。用脑做就是竭尽全力、绞尽脑汁地去做学问。用尽全身心的气力，不得有半点的懈怠和恍惚，丝尽泪干，无论是从意图还是从行动上讲，都已经是无可挑剔、无法指责了。用脑做学问可以做得不错或者说做得很不错。因为做的人已经是使尽了浑身解数，也是努力想做好的，其结果必然不会太差。除了那些仅仅为得学位而读博士的人以外，当今不少的博士生都是用脑做学问的。他们经过了课堂学习之后，就进入了苦思苦读时期，为构思而筋疲力尽，真可谓“衣带渐宽终不悔，为伊消得人憔悴”。所以，写出来的论文自然不会太差，有的甚至是他终生的学术高峰。

第三句是“心有灵犀一点通”，或曰用心做。用心做学问是将自己融在了学问里边，学问成了自我的感悟和体认，成了你中有我和我中有你的化境。学问做出来里面就有你的容韵、风骨、气度、精神。有人称其为风格，我以为风格还不能完全达其意。所以还是想用灵魂。但凡古今大家，大概都是用心做学问的。做出来的学问总是附着他的魂。其实，这样的学问是做不出来的，而是悟出来的，是灵动出来的，是抖擞出来的。做学问的人和所做的学问相互敞开心扉，如好友神交，灵犀互感，心心相印，一点相触，四下皆通。有人称之为天才。据说爱迪生这位大发明家的名言是，成功依靠的是百分之九十九的汗水和百分之一的灵感。我们的老师也都是这样鼓励我们刻苦学习的。但是爱迪生其后还有半句，却被人们有意无意地省略了，那就是“最重要的是这百分之一的灵感”。刻苦努力是抱定“春蚕到死丝方尽，蜡炬成灰泪始干”的决心就可以做到的，但灵性却不是通过任何坚定的意志就可以得到的。所以说，人才难得。

我是个教书的，所以说的是做学问。其实推而广之，何行何业不是如此。比如艺术，画匠与画家之间的区别大概就是画匠的画中有没有附上自己的魂。说到附魂，就想到蒲松龄，他的那些既稀奇怪诞又亲切感人的故事其实都是附着他自己的魂，所以写成了千古绝作，也才能够写鬼写妖高人一等，判贪刺虐入骨三分。有一年我到山东淄川柳泉蒲家村去参观老先生的故居，在小街上看到一件店铺，里面有一个人在写中堂。进去一问，正是蒲松龄的嫡系重孙。他写得十分工整，方方正正的中楷，录下《岳阳楼记》《小石潭记》等名篇。我站在那里半天，他只写了十几个字的样子，一笔一画，极其认真。屋里的墙上挂着几幅书法，每一幅落款处都写着“蒲松龄第×代孙”的字样。字写得不错，卖得也还可以，我自己就买了两幅，后来还又请人代买了四幅。但这书法似乎总是不像蒲松龄的文章，端端正正的没有灵魂。柳泉居士的灵魂游走在字里行间，那些可爱的画皮鬼仙，个个是活灵活现的人，因为她们附的都是聊斋主人的魂。

现在，有一个电视剧在各电视台热播，说的是一个百发百中的狙击手，人家问他有什么绝招，他说他的枪就是身体的一部分，是从他心里长出来的。

画中有我，画外无我　　2009 年 8 月

偶然看到电视上报道了一位画家的事情。我过去对这位画家知之不多，但看见过他的水墨漫像作品。所谓水墨漫像，就是以中国水墨为材料，以漫画为形式，为人画像。这位画家各种画都画，但令人过目不忘的还是他的水墨漫像。他的绝活是画像不画五官。比如他画的鲁迅，只是刚硬的笔触勾勒出了头发和胡子，浓墨之下，便是神采中的鲁迅。看见过他画的齐白石，也是没有五官，眼睛和嘴是活灵灵的虾，胡子是小溪流水，鼻子是葫芦，帽子是山石，都是齐白石自己画中的东西。很难想象画像不画五官的，但是他的漫画中删去五官的反倒特别有精气神，而画五官的则有几分相形见绌了。看来，不画五官画的是神韵，画五官画的是面像，把神画出来是最难的。记得好像齐白石也说过自己画画的体会，大意是，画要在像与不像

之间，不像则欺世，太像则媚俗。

中国画的大写意要的就是神。不拘泥于一枝一叉，不比附于一红一蓝，自然千景，人世万象，皆为我生。都是一朵梅花，在大师笔下呈千姿万态；同为一轮弯月，在画家意识里却是不同的精灵。这主要是“画中有我”。画中有我，就是以我的意识、我的解读、我的感悟作为画的灵魂，于是，“我”画出来的梅花自然不同于“你”画出来的梅花。感受因人而异、应景而变、随心情而流淌。黛玉葬花，宛如一幅凄凄惨惨戚戚的画，黛玉眼中的残花自然不同于元春眼中的残花，毕竟黛玉葬的是自己，是“侬今葬花人笑痴，他年葬侬知是谁”的凄凉心境。陆游心中的梅花，是“零落成泥碾作尘，唯有香如故”的骨气。诗文画中如若有了自己，便是有了精神，便是神似。无怪刘勰说，不有屈原，岂见离骚。

何求画中有我，当然要靠造诣、素养、学识等等。但我以为，最重要的一点是要做到画外无我。其实，做到画外无我是最难的事情。画中有我，是登山则情满于山，观海则意溢于海。画外无我，是画外的世界亦无风雨亦无晴。画外无我，就是画比天大。新凤霞说过一句话，叫“戏比天大”，对她来说，戏就是一切。也可能正是因为如此，她才能成就一番事业，当然，所成就的事业，对她来说仍然没有戏大。画外无我，也就把画当作自己的一切，把画画当作目的，当作全部生活的精力和全部生命的意义，而不是当作手段，当作争得功名利禄的铺垫。培根说过，读书足以怡情、足以傅彩、足以长才。他所说的读书，英文是 study，应该包含着做学问的意思。大概惟长才者把读书看作比天还大。看人间过客，皆为名来，皆为利去，能够做到画外无我的人真是凤毛麟角。

有了画外无我的境界，也就不会去品评别人的是非。人际之间，十分可怕的一件事情是自命第一，我的一切都好，别人的一切都不好，至少是不比我的好。尤其是在“文无第一”的世界上，这种心态实在是损人不利己。由此而生嫉妒之心，由此而生害人之意。画外有着如此之多的“我”的顾忌、“我”的思虑，有着如此多的“我”，如何还有心再画，如何还能把我置于画中？画中有我，画有了灵魂；画外无我，画有了道德。张载豪言“为天地立心，为生民立命，为往圣继绝学，为万世开太平”，做到实在太难，但有此心者必先“画外无我”。画外无我，便有了画的情操和画家的道德，便有了画的境界和画家的理想。“文之为德也大矣，与天地并生者何哉？”有德之作，留天地之间。画中有我，才能省却画外有我的精力；画外无我，才能把精气完全地注入画中。即便没有五官的人像，也是透着作画者的心气，也是表现着被画者的神气。

2010年

寻找心情　　2010年3月

去浙江出差。正值三月，是江南的新春天气。在金华办完公事，途经杭州，决定小住一宿，再去看看西湖和杭州。

到杭州的那天，下着不大不小的雨。已近惊蛰，也是万物苏醒的时候了。想到苏东坡的诗句，“欲把西湖比西子，淡妆浓抹总相宜”。并且下雨最好，朦胧中多了一番神秘、缠绵和情趣。旅店在延安路上，不远的街就是东坡街，不远的湖就是西湖。

办好旅店手续，放下行李，立即去了西湖。雨比先前更大了一些，气温也降低了不少，雨和寒替我驱走了游客，湖边几乎一个人都没有。走在沿湖的石头路上，十分惬意。没有旁人，没有事情，只是无目的地走着。烟雨濛濛的西湖更加使人遐想无限。路边的柳树已经吐出新绿，一点点，非常细嫩的叶尖，非常鲜绿的叶芽，似乎可以闻到生命的气息。偶尔放下遮雨的伞，让春雨打在脸上，也感到异样的舒服。

走了很远，感觉着几乎是独自享受西湖的奢侈。无意中到了一处码头。大概因为下雨，也大概因为不是周末，所以除了我之外，等着乘船的只有一个人。导游小姐见没有什么人，加上雨中的杭州还是有些寒意，她也就没有了热情，只是简单说了一下到什么地方，就坐在位子上打盹了。几分钟后便到了三潭印月。以前两次去过三潭印月，因为这是西湖的标记。再去三潭似乎是要寻找什么。想着岛上可能没有人，记着岛上有一个茶馆。雨中、无人、独自坐在茶馆品几片西湖龙井，应该是人生美事。

到了岛上，也找到了那家茶馆。突然有了一种像以前游济南趵突泉一样的感觉。茶馆和几个销售旅游产品的商店连成一片，最多的就是杭州的丝绸制品。好不容易来了一个游客，店员自然是大声地兜售。茶馆里确实没有游客，但有四五个服务员。我问有没有今年的龙井。服务员说没有。虽然还是早春，但一些精明的茶农已经把培育好的早春茶拿了出来，当然价格不菲。即便如此，能先尝为快，也是值得的。于是我说我刚刚在旅店门口的茶铺里见到了今年的新龙井。他说是有，但这里没有，有了卖不出去，太贵。我既然来到湖心，茶馆里又没有一个游客，茶自然是要喝的。有一年在杭州开会，早到了一天，在香格里拉旁边找到一个十分清静的茶馆，独自喝了几乎一个上午的龙井，大概现在又想找回当时的情景和清静。

要了一份去年的龙井，找到一个靠窗的地方坐下。打算在这里听着雨、看着湖，消磨三个钟头的时间。可一杯茶还没有喝完，就觉得坐不住了。因为没有顾客，几位服务员十分地闲。于是他们便不停地聊天，爽口清脆的方言和畅快淋漓的欢声笑语，完全压住了窗外淅淅沥沥、毫不张扬的雨声。坚持着喝完了第二杯，我起身埋单。走出茶馆，突然感到春寒很冷。

回到旅店，有点怏怏然，说不出的不快和失望。似乎是没有找到要找的东西，反而又丢了新的东西一般。本想找一家典型的杭帮菜馆，西湖醋鱼、东坡肉、龙井虾仁，都是杭州的名吃。但是突然觉得很饿，只要有填饱肚子的地方就行。旅店里面有一家中国餐馆，但是已经过了吃饭时间。附近有一家肯德基，很近。便走了进去，再次尝到了当年在美国实在是吃腻了的炸鸡块。

第二天晚上的班机，白天还有时间。旅店离河坊街不远，便信步走了过去。街上卖东西的很多，一个商店连着一个商店，是商业化很浓的旅游地点，不知南宋时候是否也是如此，或许更有过之，毕竟南宋经济十分发达。好在天仍在下雨，不大，依然是淅淅沥沥。慢慢地走着，也慢慢地送走了昨天的感觉。河坊街已经没有很多旧时的印记了，胡庆余堂可能是最引人注目的地方。还有似乎是比较旧的几家建筑，但更多的是模仿旧时的新的房子和店铺。

走到一个街口，忽然眼前一亮。右手边是一条小街，比这一条主要的商业街冷清得多。但街的一旁是一条小溪，溪水汩汩，也很清澈，一下子使得这条不知名的小街有了几分灵气。我被它牵着，沿小街走了上去。街很短，有一个拐弯，拐过去就更加清静了。很想享受一下这条小街，就在街边找了一家饭店，找了一个靠街的窗口坐下。吃饭的人不多，心里也便多了几分从容。仔细看了菜单，要了茴香豆、虾仁龙井、东坡肉、西湖莼菜汤，还要了一瓶黄酒。可能不是饭口，所以邻桌的食客一走，整个店里食客所剩无几。菜做得一般，虽然服务员说虾仁是活虾现剥的，但是什么地方的虾就不得而知了，很可能是游方的虾米。东坡肉硬了一些，茴香豆也可能是从冰箱里拿出来的。但酒热得不错，喝着心里很暖和。一边看着窗外的小溪，一边喝着热乎乎的米酒，心情渐渐地舒亮起来。

这顿饭吃了一个多小时，主要是那瓶温热的酒牵着，让服务员温了几次，一直是热乎乎的。出来之后，走到一家形状奇异的茶馆，门口写着“太极茶馆”四个字，设计大约是依照太极图做的。茶馆没有开门，只好离开，但总觉得还应该在这里收拾一下心情。正好有一个咖啡店，便走了进去。咖啡店两层，一层有三两个人，很干净，布置得也有些情调，背景是淡淡的西洋音乐，好像是维瓦尔第的《四季》。我要了一份大杯的卡布奇诺，顺手加了一份曲奇饼干。上了楼，没有一人。有西式的大沙发，也有中式的八仙桌。我又找一个靠窗的桌子坐下。低头就是小街，小河流水尽在眼底。时而有一两个人走过，有的一看就是游客，有的则是当地闲遛的老人。雨下得很小了，有人撑伞，有人没有打伞，走得都很从容。

我在这间咖啡店坐了许久，周围的一切都在看到与看不到之间，世间的一切也就都在想与不想之间了。心情就像那一弯流水，越来越清澈，越来越灵空。懒懒地坐在那里,喝完了咖啡,又要了一杯白水,慢慢地送走咖啡的苦香，留下水的清淡。直到楼上又来了两位女士，衣着都很入时，典型的白领。两人一坐在沙发上，笑声、叹气声、交谈声随之而起,穿透了不大的空间。趁着清澈灵空的心情还在，我离开了小店。

寻寻觅觅，要找的或许只是一份心情。

路上买了一方闲章,上面刻着“高山流水”。

秦淮河　　2010 年 4 月

出差，从兰州飞到南京。

从一片黄土地到了满眼的翠绿，从粗犷到了细腻。

到了南京，似乎必须去秦淮河。秦淮河有着江南最大的贡院。

秦淮河是一种奇妙的聚合。夫子庙敬拜的是大成至圣先师，是以仁义礼智信为本的圣人，是天下学子道德文章的楷模。记得以前听过一个故事，说纪晓岚去江南，江南名流想为难这位当朝第一才子，便出了一个对子的上联——“三山三水三才子”，让纪昀当即做出下联。纪昀不假思索，随口而出“一天一地一圣人”。山再高，高不过天；水再长，只能依附在大地上；才子再有才，也必须读圣贤书，拜孔夫子。孔夫子被比作天地，可见中国学人之极致所在。

有了贡院，有了考生，有了文人，也就有了似水如花的女人。李香君的故居仍在，这位绝代名妓可能是万千学子心中的偶像，不仅因为她天生丽质，而且因为她爱国忧民；或者说不仅因为她爱国忧民，而且因为她的风情风韵。情韵的飞扬和气节的坚贞完美地统一到一位青楼女子的身上，激活了多少学子的灵感、心气、精神。

还是去拜了夫子庙。因为孔夫子已经成为一个符号，表达着一种特殊的意义。看到许多人在跪地而拜，大多是年轻人，似乎是在祈求学业的成功。我也在祈求，祈求学术的成功，祈求学界的繁荣，祈求圣人的护佑。

走出孔庙，就想找一个清净、清灵、清新的去处。要清净，清净得没有声响；也要清灵，清灵得化在水中；又要清新，清新得如江南雨前的绿茶细尖。走进一个近水的天福茶馆，正巧有南京的绿茶。这些年走南闯北，有一丝感悟：无论到什么地方，要喝当地酿造的酒，吃当地特色的饭菜，如果当地产茶，也就要品当地的茶。虽然这些茶没有国茶、名茶那样无人不知，但毕竟一方水土造一方物，一方水土养一方人，当地的就是特色，当地的就与其他地方不一样。寻找差异，体悟不同，似乎是人类的通性。

南京的茶是雨花。细小的尖叶，碧绿的针锋，不像龙井那样硕大，不像碧螺春那样卷曲。也有少许绒毛，但大体是光滑的。我先在店铺前厅尝了尝价格最高的一种。侍茶小姐用盖碗沏上一盏，然后分成两杯，我一杯，她一杯，小品觉得不错，就说在你们这里喝吧。她领我进到后院。天福的环境历来不错，干净专业，并且那天碰巧也没有人。但总觉得不对。原来是没有水。虽说茶楼临秦淮河，但茶馆房间的窗户太高太小，只能见到一点水花，完全没有融在水中的感觉。没有了清灵，清净和清新也就减色了。

我告辞。不想出来就是另外一家茶馆，叫楚留香茶馆，进正门有一个挺明亮的大厅，装修得挺现代，但感觉不对。从侧门入，则完全是沿着秦淮河的一条长廊，所有窗户都很大，都对着河水，都可以全部打开。心情一下子好了许多，整个长廊一个人都没有，足有十几米完全沿河的茶座都是空的。大约不是周末，也不是旅游季节，加上有点下雨，所以没有客人。但近前一问，连今年的新茶都没有。有一位服务员坐在那里，说只有去年的茶，二十五元一位。服务员说新茶太贵，尤其是今年，天冷，春茶下得少，也下得晚。我转身想走，但舍不得那没有人的清净和宛如在水中的清灵。

又折回隔壁的天福茶馆。买了今年的雨花。然后再走进隔壁楚留香沿河的茶座，告诉服务员她可照收茶钱，只要给我一个玻璃杯和一壶水就可以了。她省了茶叶，我得到了清净和清灵。我沏上一杯茶，看着针尖型的雨花在杯子里慢慢地舒展，叶梢逐渐显出了早春娇媚的嫩绿。清香飘起，沁人心；小呷一口，津舌尖。窗外的秦淮河一波一波无声地涌进眼底，茶是绿的，水是绿的，迎春花是绿的，枝头挑起几点黄花。我真是喜欢这种安静，一个人都没有，长长的茶廊上只有我自己。秦淮河是安静的，偶然一条游船的马达打破了这种安静，但很快就远了，消失了，秦淮河还是安静的，这是一种本初的安静，一种内在的安静。在这种安静中，人也化为了茶杯中飘出来的浅浅的雾气。

窗外凄凄沥沥地下起了小雨，今天是谷雨，该是春雨滋润万物的时节。江南的雨是软的，静静地洒落在秦淮河上，无声无息。雨点打起了环环的涟漪，一环一环，环环相扣、交错、延宕。在空空荡荡的脑子里闪过了费孝通先生的比喻，他把中国社会比作石子投入水中形成的涟漪，一波一波推延开去。我欣赏他的比喻，但始终不理解那块产生动力的、被扔到水面的石头，是人为使然，还是人的无意？现在，看着落到秦淮河上的雨滴，我似乎有点顿悟。其实不是石子被投入水中，而是天上的雨滴洒在水上。这是水流在水里，水融在水里，天上的水和地上的水连在了一起，形成了一个不间断的延流，上下连通着天地，相互继接着生命。

雨一直在下，有的时候大一些，有的时候小一些，但从没有间断过。我在这个一个人都没有的茶馆里坐了三个小时，喝完整整一暖瓶的水。依依不舍地站起来，看到茶馆墙上有一条幅——“闲来最喜茶一壶，思忆旧时逍遥事”。

陶老师　　2010 年 7 月

今天，在 7 月 27 日出版的《读者文摘》报上看到了一篇转自《中国青年报》的文章，题目是《现在高校还能容得下“怪教授”吗?》，作者是这样开篇的：“曲阜师范大学，一所僻处乡下、名声不显的大学，因其僻处乡下，因其名声不显，曾在动荡年代收容了一批隐士一般的学者。” 这篇文章写了三个这种隐士般的教授：陶愚川、庄上峰、包备五，都是山东曲阜师范学院的教授。

碰巧，我在 1974 年至 1975 年间在曲阜师范大学的中学教师英语进修班学习过，当时还称为曲阜师范学院。碰巧，这三位中有两位教过我，一位是陶愚川老师，一位是庄上峰教授。时间久了，庄老师已经记不清了，但陶老师至今仍难以忘记。报纸上的文章又把这些记忆勾了起来。

正如文章所说，陶愚川教授是个“怪”人。一进校就听说了这位怪教授，说他学问极大，留学日本和美国，学的是教育学。他家庭和社会关系十分复杂，哥哥是曾任《中央日报》社社长的陶百川。还有关于他年轻时恋爱失意、终生未娶的故事。当然，这些都是口口相传，真假全然不知，当时也只是用敬而远之的态度对待他。直到今天看了报纸上的这篇文章，才知道这些事情大多是真实的。报纸上还说，他曾在日本早稻田大学和美国密歇根大学读过教育学，得过硕士学位。

陶老师给我留下的深刻印象，首先是他的“怪”。我第一次见他是在校园里面。当时和几个同学一起走在林荫道上，对面走过来一个人，已经显得很老，走近的时候，身上飘出一股臭味，就是那种多年不洗、油油腻腻的衣服发出来的味道。头发已经斑白，很长，乱糟糟的。虽然当时大家生活都很拮据，但也不至于寒酸邋遢到这种地步。他走路的时候两眼直视，一点也不向左右看，面部毫无表情。他不与任何人打招呼，不说一句话，好像对所有的人、所有的物都视而不见。他不是在思考，也不像电影上那种心不在焉但学问高深的教授。之后又见到他几次，在路上、食堂、图书馆门口，但他不看人，也不说话。

后来，陶老师给我们上英语写作课。陶老师上课从来没有教材，他走进教室，不看学生，径直走向讲台，然后便开始讲课。他好像在自说自话，没有提问，也没有讨论，只是他一个人说，两眼越过我们的头顶，看着天花板和后墙交界的地方。就这样一直讲到下课。有的时候，他会从脏兮兮、油乎乎的中式上衣口袋里掏出半根粉笔，在黑板上写几个英文或是中文的字。大家都觉得他不会上课，也不管学生。但是敬畏他的学问，认为学问大的人一般不会上课，或是不屑于给我们这样低水平的人上课。我觉得这也不对，因为他不仅仅是不看我们，他不看任何人。

偶然的一件小事，使我到他家去了一趟。我可能是班上到他家的惟一一个学生。有一天他上完课，忽然点了我的名字。我站起来，他似乎也没有看我，只是说，今天下课到我家去一趟，你写的小文章我想给你谈一谈。我愕然，点了点头。他告诉我地址，也不再说什么，走了。大家也觉得有点奇怪，因为他从来不跟任何学生说话，今天似乎开了戒。下了课，我就去了他家。

接下来的经历使我震惊。这是我见到过的最脏最乱的家，屋子里的味道冲鼻子，我真不知道他是怎么在这种环境里生活的。屋里的书杂乱不堪，地上、桌上、床上，到处都是。除了书，还有杂物、衣服、袜子、鞋子，等等，都摊散在屋子里的各个地方。灰尘已经成了最干净的东西。但是，这还不是一切。最令我吃惊的是，卧室一边是一张木板床，和木板床平行的是一堆和床差不多高的垃圾。不是乱放的书包，不是摊散的衣物，就是掺杂着纸屑、草屑、煤屑和所有不知是什么屑的散发着臭味的实实在在的垃圾。他见我来了，说我的英文小文章写得不错，有点意思，有点新意，但也有不少语法和用法的错误，比如……我根本没有听进他说了什么，我已经什么都听不进去了。

再后来，他就不给我们上课了。我在路上或是图书馆碰上他，会很尊重地给他打个招呼，叫一声“陶老师”，但他毫无表情地点一下头，好像已经不认识我了。快结业的时候，我又在路上碰到他，我站下，说陶老师我们要离开曲师回到原来的中学教书了，他似懂非懂地听着，似乎应了一声，转身走了。突然，他回过头来说，你要多练习英文写作。

从那之后，我再也没有回曲师，再也没有见到陶老师。报纸上的文章说，陶愚川一直没有放弃自己的专业研究，到 20 世纪 80 年代，完成了三册本的《中国教育史比较研究》。他活到了八十六岁。

2011年

密苏里之一：求学　2011年3月

在美国密苏里大学上学的时候，几乎是每天一睁眼就要开始看书了。美国社会科学学科的博士生，主要的事情就是读书、讨论和写文章，当然，思考也是极重要的，学而不思则罔，大概美国的教授们也深知这个道理。但思而不学则殆，他们同样奉为真理。不过他们还有一点，就是要讨论，上课几乎全是讨论，教授引导，但大部分时候是和学生一起讨论，争得面红耳赤。在美国，博士生的年龄参差不齐，所以，争论的时候很难分出学生老师。所以，他们不太懂得面对面的师道尊严。

博士生的课程需要七十二学时，其中十五学时是方法论课程。密苏里大学的规定是，方法论可以是定量方法，也可以定性方法。定量方法要学数学、统计学和计算机课程，定性方法学外语。虽然当时对我来说外语相对容易，并且在国内还学过几年法语。但思考再三，还是学了统计学。动机有三。其一，当时确实对美国式的社会科学研究方法很感兴趣，漂亮简约的统计学模型让人一看就像是高深的学问。其二，在国内还没有看到这样写出来的国际关系研究论文，如果学成，也算是小开先河吧。其三，觉得自己当年学数学时还可以，虽然是复课闹革命时学的一点数学，但当时很认真，在中学里还有点名气。几何和抛物线作业做得特别漂亮，高中毕业后多年还保留着一些几何和抛物线作业。况且我对外语一直没有什么兴趣，上高中时数学、语文都不错，外语几乎不学，反正一个学期也就是学五六课书，考试总能应付过去。对外语既没有兴趣，也不感到有什么挑战性，所以决定学习定量方法，集中学习统计学和计算机应用。

学习统计学需要有先修课程，就是两门大学本科的高等数学，要交学费，要有成绩。美国暑假很长，愿意学习的就可以读暑期班，最多可以修六个学分两门课程。因为平时的学期阅读量和作业太多，另外还要教书，所以，修数学和统计学都是在暑假，以便集中精力拿下方法论课程。我利用第一个暑假的暑期课程班拼下了两门高数，感觉还可以，于是决定利用第二个暑假拼下两门统计课程。这一下子使我出了两个乱子。

第一个乱子是把眼睛弄成了近视。我们兄弟姊妹向来引以为豪的是视力好，兄妹几个都认为自己的眼睛是怎么看书都不会近视的。我二姐在高中时是有名的高分学生，从小就喜欢躺在床上看书，读完大学也没有近视。我小时候也是晚上躺在被窝里看小说，一看看到下半夜，上完大学读研究生，一直也没有近视。父母兄妹没有一个是近视眼，所以我们常说自己有好视力的基因。

在密苏里上统计学课程的时候，需要大量的计算机练习。当时还没有个人电脑，只能到计算机房使用学校的电脑。做统计的电脑都是很大的个头，做一个练习首先要输入所有数据，输入完了还要一遍一遍地检查数字，如果一个错了，或是跑不出来，或是把题目做错。记得许多时候都是通宵做，有时一天也吃不了一顿饭，在售货机器里买一杯咖啡、一块巧克力，也就算是吃饭了。

一门课上下来，很想轻松一下。有一天开车带妻子出去，上了高速公路之后，一连错过几个路口。美国的高速公路两个路口之间距离很远，错过一个就要跑许多冤枉路。我开始以为是大意了，妻子也是这样想。她很早就近视了，所以一直羡慕我无论怎么看书都不近视的眼睛，久而久之，也就对我的视力十分地信任。后来，在七十号公路上走了一段，她觉得不对劲，我一再因为看不清楚路标而错过应该下路的路口。她坚持让我去查一下眼睛。一查，果真是近视。医生说要配眼镜。当时，在美国配一副眼镜最便宜的要一百多美元，对于我们这些穷学生来说，实在是过于奢侈。我买的车才五百美元，房租也只有每月一百二十美元。但不配眼镜，开车就很危险，如果看不见的不是路口而是别的车或是行人，岂不是要出大乱子。一咬牙，还是配了一副最便宜的，连测光一共一百四十八美元。

我一直很爱惜这副眼镜。一百四十八美元绝对是一个不小的数目，再说如果弄丢了或是弄坏了，再配一副真真地令人心疼。直到毕业回国，这副眼镜都陪伴着我。2003年，我去美国教书还戴着它。也就是那一次，要回国的时候把它弄丢了。那是在离开美国时去机场的路上，停下来吃了一顿早餐，顺手放在餐桌上，因为赶时间匆忙了一些，所以就把它忘在早餐桌上了，到了机场才想起来，为时已晚。深究起来，1991 年配眼镜的时候是十分地爱惜它，每次用完都记着将眼镜收起来，自然不会丢。到了2003 年，已经不再那么爱惜这副眼镜了，一百四十八美元遥远了，并且也不是什么太大的数目，丢也在情理之中。一副眼镜，配在美国，丢在美国，也算是去有其所。

第二个乱子要比眼睛的事情更加严重。那是上统计学的第二个暑假， 1992 年 6 月。我和妻子是 1990 年再次赴美读书的，当时她在得克萨斯州，我在密苏里州，相距很远，孩子只有三岁，只好留在国内由两边老人轮流照看。

1992 年夏，妻子读完课程，准备进入写论文阶段，不用上课，时间就比较自由了。再说老人都已年迈，身体又不好，所以我们决定将孩子接到美国。正巧有个同事要赴美留学，便请她将孩子先带到洛杉矶，妻子到洛杉矶接孩子。母女从洛杉矶飞到密苏里哥伦比亚市，我再到机场接她们。一切都安排好了，我也很期盼她们的到来。

但是，那天如鬼使神差一般，我早上醒来就去上统计学课，上完课就去了计算机房做作业。这一做就到了晚上八点多钟。回到家一看，母女二人坐在屋里。我着实吃了一惊，说你们怎么今天来了。女儿那年五岁，一脸不解地看着我。妻子说你怎么没有去机场接我们。我说，我记得你们好像不是今天到吧。这一下子引出了无穷的抱怨。妻子说，她们到了机场，左等右等都见不到我，还以为我出了什么事情。最后没有办法，只好给我的房东老太太打了电话。是老太太开车将她们接回来的。回来后也不知道我在什么地方，没想到我竟然把事情忘得一干二净。这真是一个很难原谅的错误。

统计学考试成绩下来之后，我考得很好，九十六分，竟然是全班第一名。那些统计系的同学觉得不可思议，说我真会考试。其实，我知道他们无论是知识层次还是应用能力都比我强，也许是上苍希望给我一点补偿，就赏赐了一个最高的成绩。

想来惭愧，女儿出生的时候，我不在身边。那是1987年初，我也是去美国留学了，当时也是在密苏里大学，攻读硕士学位。我离开北京的时候，妻子怀孕；回来的时候，孩子已经九个多月了。妻子和我的一个学生带着孩子去接机，在北京机场我第一次见到女儿，见到我已经会咿咿呀呀地喊爸爸了。后来给女儿讲起这些事情，她很难相信出生时爸爸不在身边。想起父亲去世时我也在密苏里大学留学而没有回国尽孝。密苏里大学，我阴差阳错地进入了这所大学，使我完成了学业，但也使我在父亲最后的时刻未能回到他的病榻旁边，在女儿出生的时候没有守在产房门外。回想起来，是我终生的愧疚。不知为什么，两件事情联系起来，脑中似乎闪过海明威的《印第安人营地》。

我的博士论文也是用统计学模型作为方法的，密苏里大学统计学系的老师同学帮了不少忙。回国以后，将论文整理成为一本专著出版。我留了一册送回老家，并在首页上用钢笔写下了这样的话：

> 这本书是我在博士论文的基础上经过五年修改而成的一本学术专著，是初入学界的立足之作。想留美六载，黎明即起，夜半小睡；食不甘味，眠无沉寐；学海横游，体乏心惫；家之无家，天各一方；无数艰辛，万种苦涩。然思父亲一生，医人为本；南迁北徙，历尽坎坷；

宁可自己倍受苦难,惟愿子女求学上进。晚年得见儿女有学可上,万般欣慰。先捧我初出小书,把玩不已,竟是老泪纵横;又知我出洋留学,喜形于色,更怀丝丝挂牵。一月一信,从无间断,直至最后。父亲辞世之时,我仍远隔重洋,茫然不知;虽冥冥之中似有声相告,但毕竟或恍或惚,终是未能尽孝。父亲一生愿子女上学求知,故我立志读完所有学位,既求自我立身,更为实现父愿。此书付梓之时,父亲已仙逝多年,惟其心愿,长随我在。故将此书献给父亲,印于首页,以兹铭记。

密苏里之二：上课　2011 年 5 月

在密苏里读书的日子里，有一门课给我留下了很深的印象。那是一位阿根廷籍女老师 A 的课。A 老师四十岁左右，是一个优秀的学者，本科是学理工的，硕士攻经济学，主要是做计量。博士读政治学，师从 Organski 和 Kugler，一个是现实主义权力转移学派的开山鼻祖，一个是该学派的领军人物。学统好，加上原来极强的数理背景，研究成果很多，并且年年都有新作品在一流学术期刊上发表。当时，我已经下决心做定量研究，虽然底子很差，但还是希望努力学好。所以选了她的课，并且期望值很高。

她上课很严，作业极多，几乎都是要使用计算机做数理统计的作业，当时还没有个人电脑，所有作业都要到学校的计算机房去做。A 老师的课是在周四晚上，只要上完她的课，基本上一个周末就要完全消耗在她的作业上面，有时甚至要通宵达旦。我是一定在周日下午做完她布置的作业，这样在周一就可以干别的事情。回想起来，那一个学期她的课消耗时间最多。

她看上去是一个大大咧咧的人，但对学生和教学可以说是尽心尽力。记得当时她教我们做一个预期效应模型。这个模型是她和导师 Kugler 一起发明的，还制作了软件。做完研究之后，将数据输入这个软件，就可以跑出一个分析坐标。当时这个软件正在商业化过程中，她便将自己使用的软件给了我们，但设了密，在一定时期内便自动锁闭。我当时觉得很有意思，为完成她的作业设计了两个小的研究项目，并且确实十分认真地完成了。她对我的作业十分满意，专门用了两次坐班时间和我一道调整模型和数据。项目的最后结果看上去很漂亮。我一直留着，但没有打印下来，只是存在当时那种大的磁盘里面。回国后想再找出来，才发现已经超过了规定使用时间，文件自动锁闭，再也打不开了。

我自己觉得从她那里学到了很多东西，尤其是如何理解定量研究，如何将定量研究与理论设计结合起来，如何动手去做一个定量分析的设计，也在做的过程中知道数据是可以操纵甚至歪曲的。但不知为什么，到了第六周，我就感觉到不对，因为原来有十五六个博士生选她的课，后来就越来越少。她开始的时候并没有意识到，还开玩笑地说大家做她的作业累了，不敢来上课了。可是，后来上课的人越来越少，她大概也感觉到不太对劲。有一次上课她突然问为什么这么多人不来上课，在座的稀稀拉拉的三五个学生没有一个说话，教室里出现了尴尬的沉寂。

我当时只是一心一意想学好这门课，所以并没有多想。况且，我是外国学生，也懒得去问这些与自己无关的事情。“两耳不闻窗外事，一心只读圣贤书”是我当时的学习行为准则。所以，依旧去上 A 老师的课，依旧认认真真地完成她的作业，依旧在她坐班的时候去找她讨教。直到有一天。

记得那天下大雨，我是一个从不缺课的学生，即便是下大雪或是自己发烧到三十九度，也会撑着去上课。但是那天的确大雨倾盆，我稍事犹豫，还是撑着伞走了出去。提前一刻钟到了教室，教室里一个人也没有。裤子大半已经淋湿了，我卷起裤腿，坐下来取出作业，迅速浏览一下，准备课上发言。刚打开作业夹，A 老师就进来了，她是开车来的，但雨太大，衣服也有点湿。我抬起头打了招呼，她问作业怎么样，我说还行。

十分钟过去了，还是没有一个人来。她自言自语地说大概是雨太大，路上不好走，所以大家会迟到。十分钟又过去了，还是没有一个人来。我俩相互对视无语。又过了一会，还是没有人来。我抬起头，看到她的眼睛里满是泪水。我赶紧低下头，装着看作业的样子。心里一阵阵不知所措的紧张。门口稍微一点声音，我都希望是来上课的学生，哪怕再有一两个人都好，可惜都不是。到底是怎么了？慢慢地，雨稀了，没有人来；雨停了，还是没有人来。

A老师忽然哭出了声。我赶紧安慰她，说今天下雨，大家可能不来了。她说不是。然后就突然一股脑地开始说她是怎样希望上好自己的课，教好这班学生。她在课下辅导学生的时间最长，备课花费的心思最多。但是她就是不明白为什么学生不喜欢她。她说她其实早就意识到学生的反应，也听到一些议论，但她自认为是一个好的老师，不会被学生抛弃，她也不会去理会那些肮脏的校园政治……我虽然想安慰她，但实在是没有什么话可说。其实，她也不需要我说什么，也不需要我听明白什么，只是一边哭一边无头无尾、语无伦次地说着这些话。

我不知道她到底怎样得罪了其他学生，也不知道校园政治是什么意思。我自己觉得跟她学到了不少东西，包括权力转移理论，直到现在还记得清清楚楚。预期效应的数理模型是用来预测决策结果的，原本是想将这个方法介绍给国内学生的，所以才那么认真地去学。但是没有想到，这门课程却成了老师最伤心的一门课。

雨点稀稀拉拉地打在窗子玻璃上，A老师还在哭泣。突然，她起身走出教室。走到门口时回头说了一句：“今天不上课了，不过你是个用功的学生，有问题可以随时来找我。”

放假后的一天，突然接到她的电话，说她已经辞职，下学期的工作也已经找好了。在电话中，她说了她的新地址，还说以后有问题仍然可以与她联系。从那以后，没有再见到 A 老师，但在学术期刊上仍然可以看到她发表的论文。我在做博士论文的时候，还引用过她的研究成果。

密苏里之三：打工　2011年5月

20世纪80年代到90年代，是我们留学的时期。当时中国留学生中有一句“名言”，就是“没有打过工就不算是留学”。对于当今的中国留学生来说，这可能是不可思议的事情，而当时，打工确实是我们生活中重要的组成部分，而且似乎成了留学不可或缺的部分。至少我周围的中国同学以及他们的太太或是先生，几乎没有一个是没有打过工的。

打工是没有选择的事情。我1986年第一次到美国留学，身上只有不到五十美元，当时留学能够在国内的银行换五十美元。我是亚洲基金会赞助的，在旧金山亚洲基金会总部报到的时候领到了第一笔资助款，所以到达学校的时候，身上揣着六百美元，租了最便宜的房子，买了足够一周吃的面包，也就安顿下来了。记得第二天一大早就听到窗外割草的声音，起来一看，是同胞，他是自费来的，西安交大毕业，比我早来一天，可是已经跑门串户地开始打工了。

我在读硕士的时候没有打过工，因为当时有亚洲基金会赞助，也希望尽快拿到学位，所以假期也在上课。家人都在国内，也不用操心他们的生活。但是读博士的时候就不同了。当时，我是拿美方学校的奖学金，学费和生活费都有基本保证，但是到了假期，生活费就停发了。尤其是美国的暑假长达三个月，妻子、孩子也都在美国，每天一睁眼就需要开销。自己一个人的时候，三五天里仅仅吃面包也可以挨过去，但有孩子就不行了。另外，还想把老人接到美国住一段时间，再说也想回国时多少带一点钱回去，给两边家里的老人买点电器。所以，我和妻子到了假期都要想办法打工。

我的第一份工作是在学校食堂打工。学校食堂是自助性质，所以在那里打工主要是洗盘子。洗盘子可能是最简单、最不需要技术的活了。但真正干起来是累死人的。学校食堂很大，洗盘机是一个有一间屋子大小的水槽加传送带。传送带旁边站着四个人，第一个负责将用过的盘子放到水槽里，水槽自动洗盘子并将洗好的盘子立即传送到第二个人那里。第二个人负责将盘子从水槽中捞出，码放在传送带上，并由传送带送到第三个人那里。第三个人将盘子装到塑料箱子里，传送带把装满盘子的塑料箱送到最后一个人那里。最后这个人再把塑料箱子从传送带上搬下来，放到手推车上，送到另一间房子里烘干消毒。乍一看，传送带总是不紧不慢地转动着，但是在旁边一站开始干活，立时就会觉得它是转得那么快，并且永远不停。稍微慢一点，洗盘机就把一大堆洗好的盘子堆在你的面前。几个人不停地捞盘子、摞盘子、搬箱子，一分钟都不能停歇。一看到这洗盘机的传送带，我立刻就想起摩登时代中卓别林干活的样子。两个小时下来，感到手臂都不是自己的了。

美国的大学暑假里也可以上课，这种暑期班分为两个阶段，每个阶段四周。四周过去，夏季第一个阶段过去，学校有一段不开课的日子，食堂自然也就关门了。于是找了第二份工作，那就是在当地的一家做汉堡的快餐店里打工。这里稍微好一点，毕竟工作有点技术成分，我也算是干上了技术活。当然，用了一个小时的时间，就学会了所有的技术。汉堡用的牛肉饼、土豆条等等都是从超市买的半成品，一面烙牛肉饼，一面炸土豆条，一面灌可乐，两天就成了熟练工。顾客来了，保证十分钟内汉堡、土豆条、饮料样样准备齐全。在这里打工还不错，不但可以拿到每小时四点五美元的最低工资，还可以免费吃一顿饭，工作比洗盘子轻快，也稍有一点挑战性，因为要保证牛肉饼烙到不焦不生，也是要好好掌握时间的。但吃饭的人实在不多，饭店裁员，干了不到两个星期，我也就被解雇了。

三个月的暑假，没有活干心里是很不踏实的。几天下来，竟是负罪感深重，就和浙江来的一位同学商议，想去阿拉斯加打工。报纸上的广告说在那里每个月可以挣到五六千美元。干一个月，足够一个学期的生活费了。我们两个去学校的国际学生办公室去咨询。一位上了年纪的很和蔼的女老师在那里为我们作咨询。她说阿拉斯加的活是很辛苦的。虽然不是出海打鱼，但工作是在海边的大型渔船上将捕到的大鱼截成块装。什么斧子、电锯等都要用。她一脸和气地说，那份工作十分辛苦，阿拉斯加天气又冷，你们的体格可能不太适应那里的工作。我们两个回到家，想了半天，钱多自有钱多的辛苦，最后决定不去了。

我的那位同学比我还急。他太太和孩子马上就要到美国，没有钱是万万不行的。再翻报纸看广告。终于找到了一个打工的机会。我们城郊有一个大型的商业城，周边需要天天割草。我们想割草总是可以的吧。于是第二天就去应聘。在应聘的地方还看到两个黑人同学，人高马大。招工的人说，两个黑人同学没有问题，但我们可能干不了。我们说干得了，不然先试试再说，招工总不能有歧视吧。他犹犹豫豫，但还是同意了。

俗话说，是骡子是马拉出来遛遛。这一拉出来，我们还真不行。割草机不是我们平时见的那种家用小型割草机，而是很重很大的一种。平地上可以使用像拖拉机一样的割草车，人坐在上面操纵即可。但这商城周边全是坡地，很陡，不能用机械的割草车，只能用手推的割草机。我们两个在上坡的时候根本推不动，只能两人一起将一个割草机推上去，然后再一起把第二个推上去。效率自然很低。一天下来，胳膊都晒得褪了皮。第二天换了长袖的衣服，但回来之后两个人胳膊都肿了，疼得抬不起来。第三天我们找到招工的人，告诉他我们实在干不了。他说没关系，头天就看出来我们体力不行，希望我们好运，找到适当的工作。但适当的工作哪里那么好找啊。

后来，又在工厂等一些地方干过，都是最没有技术含量的活。正因为如此，也都是最低工资。其实当时干这些活并没有觉得什么。在国内的时候，更累更苦的活也干过。再说，改革开放初期出去的中国留学生，几乎都是怀揣几十、几百美元就到了美国。机票之类已经把全家的积蓄花得差不多了。更没有父母可以依靠，因为父母也没有美元。一年下来，学费近两万，再节约生活费也要几千美元。我还是有奖学金的，没有奖学金的中国学生不仅要靠打工挣出生活费，而且还要挣出如此之大的一笔学费。为了生存，哪个不在打工挣钱，哪个不在干苦力活？我还是很幸运的，博士第一年打过工，但从第二年开始就在系里教课了。我的那位同学，还有好多其他同学后来一直都在打工，他妻子到了美国之后，也是一直在打工，干过好几个中国餐馆。她有时还说，你还不算真正打工，因为没有干过中国餐馆。到美国留学，不打工不算完整留学，不在中国餐馆打工不算完整打工。

后来又见到了那位在我门前割草的西安同学。他靠打工读完了电子工程专业的硕士，毕业后去加州工作。休假时回密大看望老朋友。他很满意在加州的生活。当年上学的时候，他常常只靠一袋面包过日子。

中国人很勤奋，生存能力也真是很强。

2012年

祖　籍　　2012年2月

我的祖籍是江苏无锡，父亲出生在无锡郊区的一个小镇上。这个小镇叫秦巷镇，大部分人都姓秦，也有很少几户人家是其他姓氏，比如姓夏的、姓陈的等等。因为大部分人家姓秦，所以都有些沾亲带故，见了面总要叫叔叔伯伯什么的。秦巷镇距离无锡市里还有几十里路的样子，过去还要坐船，就是那种机器推动的木船，几个小时才能到。

祖父是个小职员，很早就去世了，我从来没有见过他，脑子里也没有他的任何印象。他家境不好，显然一生不得志，什么家产也没有。祖母姓钱，应该是从不远的地方嫁到秦巷镇的。她过不惯北方的生活，尤其是不能没有米饭吃，所以，虽然随父亲到山东住过一段时间，但很快就回无锡独自一人生活。父亲是独子，没有兄弟，只有一个妹妹，很早就故去了。祖母直到很大年纪之后才又到山东与父亲一起住，她自己行动已不方便，即便过不惯北方的生活，也不得不到山东来跟着儿子过。但没有多久就去世了。我印象中祖母是一个脾气很大的南方老太太，尤其爱干净，属于有洁癖那一类型。似乎每次总见到她洗东西，洗手、洗毛巾、洗手绢，等等。

父亲年轻的时候跟着一个远房舅舅学医，一直在山东青岛、博山等地。后来结婚，因为母亲是山东博山人，所以就在博山常住下来。父亲一直向往无锡的生活，有一年四季的鱼米青菜、山清水秀的自然环境，有惠山、锡山、油面筋、肉骨头，但人生一世，多是生活选择人而非人选择生活，父亲一直住在山东，在那里工作，去世后也葬在博山。父亲的故乡是无锡，他有的时候也讲起家乡的一些人和一些事。而我从来都觉得故乡是博山，大概是因为我生于斯长于斯，也大概是因为父亲永远地留在了博山。至今想起来很遗憾的一件事情是他在博山几乎没有大米吃。后来我和哥哥到了鲁西南的济宁，那里产大米，每次回博山，总是带大米。那时我十五六岁，背着一个旅行袋的大米，在火车上很艰难地才能把旅行袋举到行李架上去。

我第一次回无锡是 1968 年，正是上山下乡的高潮时期。二姐需要到农村接受贫下中农再教育，父亲想到了无锡。山东的农村是很穷的，去的地方往往吃不饱。我表哥去了山东的一个山区，在那里待了八年，记得回家来总要带一罐咸菜回去。那是一种自家腌得很咸很咸的咸菜，表哥说可以放一年不坏。无锡是有名的鱼米之乡，即便是在“文革”动荡时期，生活依然比较安定。父亲决定让姐姐回无锡老家下乡，联系了当地的几个远亲，据说没有问题。当时父亲正在受批斗，哥哥是长子，便由哥哥送二姐去无锡。因为哥哥还有工作，不能在那里常住，所以我也就跟着一起去了。

大约是过了春节去的无锡。父亲在老家没有房产，祖母住的是租来的房子。那是一所老房子，墙很薄，木头的柱子撑住房顶，窗子很多很大，一年四季几乎都是开着。记得大约是一门两间，一间卧房、一间起居。起居的一间是大家活动的地方，有一个很大的窗子，窗子外面是一个方方正正的小的庭院，里面长了一棵很秀气的桂花树，听父亲说，开花的时候整个家里香气袭人。无锡的梅雨季节很长，呆呆地站在窗前，看着江南不紧不慢的雨水轻轻地滴在树叶上、窗棂上。雨水把桂花树的叶子洗得很干净、很清爽。树叶子上的水滴半个月都不见消去。

到了无锡之后，才知道二姐下乡落户的事情难办。无锡是富足之地，田少人多，自然不愿意再接受外人。哥哥的行期已到，还是没有一点眉目。哥哥走后，只有我和二姐在那里，人生地不熟，语言也不通，无锡的方言似乎比外语还难懂，和祖母也难以交流。当时，秦巷镇属于石塘湾公社，我和姐姐隔三岔五就要跑到石塘湾公社机关去询问下乡落户的事情，但是每次都没有结果。初春的江南真是很美，从秦巷镇到石塘湾是一条石板路，四面阡陌纵横，间或小溪石塘，石路两边开满了黄黄的油菜花。一阵风吹过来，一波一波的黄色波浪绵延翻动，能不忆江南？不过，当时事情办得很不顺利，每次看到石塘湾公社的大门心里都发怵，也没有什么心情欣赏春色。

姐姐已经在地里干活了，平水田，插稻秧。南方人田里的活做得十分精细，准备插秧的水田整理得平镜一般。祖母家门外有一条河，每天我们都在河里取水、洗菜，当然也在河里涮洗马桶。秦巷镇的人家在上游取水洗菜，在中游洗衣，在下游洗马桶。上游的水取回来是喝的，是做饭用的，家里有一个大缸，天蒙蒙亮，就下河取回吃的水，水有一点点泛浑，倒在缸里之后，再加上明矾，做早饭的时候，水就清了，足够一天使用。秦巷镇上有一条小街，我们也经常去买点青菜、小鱼。街两旁有很多小摊，摆摊的、买菜的、逛街的，人们不时停下来，用我听不懂的无锡话叽叽喳喳地讨价、聊天、说笑话。没想到动荡的中国大地也有这样一片生活的天地。

过了半年，姐姐的户口仍然没有落上，最后的通知还是不行。我们两个毫无办法，只能离开无锡，回到博山。二姐的这次下乡经历结束了，我们在无锡过了半年，这是我在老家住过最长的一次，也是迄今为止惟一的一次。

家　谱　　2012年8月

去年哥哥打电话告诉我，无锡秦家族人要修家谱，希望我能给他们写一个序。秦氏在无锡是个大家族，有很多分支，祖上往往追溯到秦观。秦观是北宋的大才子，有过苏小妹三难新郎的故事，新郎就是秦观，但实际上秦观从未娶苏小妹为妻，据说做过龙图阁学士之类的官。秦观祖籍高邮，但墓地建在无锡惠山附近。我告诉哥哥，写家谱我的分量不够，才气不足。其实，我回无锡老家就是1968年那一次，至今再也没有回去过，因此感到自己不是合适的人选。直至快到春节，家谱已近尾声，即将出版，族人再催，我只好从命，为无锡陡门秦氏第七次修订的家谱写了下面的序言：

无锡陡门秦氏家谱

序

无锡陡门秦氏，自迁祖继陵公秦集至今已逾六百年，回溯始祖北宋秦观更有上千载。秦氏血脉或可上至西周，约计三千年传承。前辈六修家谱，族系家史，一一在录。光阴荏苒，逝者如斯，秦氏家族，人才迭出，光宗耀祖。今七修家谱，属予作文，以兹铭记。

秦氏一族，经风雨，历战乱，南北迁移，延绵不断。上次修谱，已是九十年前。近一个世纪，恰逢中国五千年变局。其间中西初遇，战火连绵，革命迭起，地覆天翻。秦氏家族，迁徙频繁，宗祠拆毁，祖坟夷平，加之资料散失，族人异地，致使宗派不明，昭穆不清。家史族史，犹如国史，上下动荡，瞬间百年。

秦氏一脉，念血缘，亲宗亲，饮水思源，敬拜祖先。族中多位有心之士，经历辛苦，重整资料，查访宗亲，于公元2012年重新修订家谱，以敬祖先，以怀故亲，以传后人。陡门秦氏，人丁繁茂，事业勃兴，可传先辈遗风，可扬族人志气。江南无锡，山清水秀，人杰地灵，可育家族正气，可聚故乡仙风。再修家谱，适逢其时，天时地利，功德无量。

中华文明，承上启下，继往开来，兼容并蓄，万千气象，五千年养育无数姓氏家族。秦氏血脉，炎黄子孙，百家之一。九十年前之昨日，正值中国大变局；九十年后之今天，又逢世界大变局。修家谱，明宗亲，不是以小家取代大家，不是以宗室血缘取代家国天下，更不是以一方天地取代苍穹寰宇。修家谱，是以缅怀先人，守德明志，效拙朴诚善之心；是以明示今人，承前启后，传道德文章之志；是以昭告后人，饮水思源，开日月山河之风。秦氏既经峥嵘岁月，亦历艰难世事，上下三千年绵绵不断，前后六百载历历在目，是因始终包容大度，心广气阔。重修家谱，是以血缘之近近天下；再明宗亲，是以家人之亲亲世人。

七修家谱，祈福宗亲，祈福家国，祈福天下。

是为序。

2012 年 1 月 23 日

我的父亲叫秦光祖，我把他的名字含在了家谱序言的第一段里。后来家谱印出来，很气派，线装的，四大卷，墨蓝色的布制封面，里面是无锡陡门秦氏详细的谱系，还有家谱图。哥哥也写了一篇文章在里面，讲的是父亲的经历。

实际上，无锡老家我只去过一次，就是 1968 年陪二姐下乡的那一次。当时我只是一个十几岁的孩子。倒是这次写家谱，使我很想再去无锡看看。我约好了哥哥，准备和他一起去无锡。但哥哥临时有急事，我就自己踏上了回父亲故乡的路。

我一直将无锡视为父亲的故乡，因为父亲是在那里出生和长大的。而我是生在山东，长在山东，直到读研究生才离开山东，所以，对无锡的直接感觉是稀薄的。祖母和老房子、老房子的窗户和窗外的丁香树、田间的小石路、路旁的油菜花和纵横连绵的小溪，这一切都是淡淡的，像罩在一层迷雾之中。

乘高铁从北京到无锡，下车后先在酒店住下。第二天一大早就打了个出租车赶往秦巷镇。记得上次来的时候，是在无锡火车站附近坐船去的，水上颠荡了几个小时。现在打个出租，二十分钟就到了。好像就是当年的那条小街，但已经完全不是原来的样子了。原来的小街是石板铺的，两边是些小铺子，一早前去，有鱼摊、菜摊、熟食摊等等。现在这里是一些商店，虽然都是小商店，但已经不再是小摊了。不过当时的街很清洁，人少；现在的街很杂乱，人多。卖西瓜的大棚里、打台球的案子旁都聚集着很多人。街的一头有一块石头，上面刻着漆成红色的“秦巷镇”三个字。

在镇子里四处走着，希望找到老房子旁边的那条河。当年吃的用的都是河里的水。我没有告诉任何人回来，只想完全自我地感觉一下父亲的故乡。镇子里的人一个也不认识，偶尔碰到一两个大妈，便问一下到镇上的河怎么走，虽然听不太懂她们的话，但镇子不大，顺着她们指点的方向很快也就到了。

还是那条河，不过已经不是当年的样子。现在家家都有了自来水，很多水龙头就在院子里，人们显然已经不再用河里的水洗菜烧饭了。但总难忘那条清清小河，我在无锡的时候喝的都是河里的水。沿河的一些房子仍保留着通往河里的台阶。我站在台阶上，拍下了不少照片，在照片里看，河水还是清悠悠的，水中杨柳的倒影，也还是一番自然景象。我站在河边良久，实在无法将这条河与当年取水淘米洗菜的那条河联系起来。

然后就是去寻找祖母的老房子。这是实实在在找不到的东西了。我问了好几个人，还在一家坐下喝了几杯茶，他们告诉我，老房子有一多半都拆了，当时没有门牌号码，父亲每月给祖母寄钱，也只是写“江苏无锡秦巷镇”就可以收到。所以现在根本无从找起。我在镇里走来走去，专门在剩下的老房子旁边转悠，我虽然只在那里住过半年，但见到后还是会认出来的，尤其是窗户外面的那个小庭院。转了好多圈，还是没有找到。就在回去的路上，我看到了一所房子，墙上已经写了“拆”字，房门也没有了。走进里面，很薄的墙、木头的柱子，墙上有很多窗户，有一个大窗户外面是一个小的庭院。这些都很像我记忆中的老房子。一个没有灯泡的吊灯，形影相吊。我和二姐住在秦巷镇的时候，用的还是煤油灯。不过，还是有很多不像的地方，十有八九不是祖母的老房子，窗外的庭院里也没有桂花树。还是拍了几张照片，专门将相机调到古旧功能，留下了几张黄褐色的黑白照片。即便不是当时的老房子，也是一间距离不远、模样相近的老房子，尤其是那个大窗子和窗外的小庭院。

我没有去找秦氏家族的人。我上一次来无锡是 1968 年，已经四十四年了，谁还能认得我呢?

第二天，我特意赶到了惠山泥人厂。我想买一点无锡的东西带回去做个纪念，印象中就是惠山泥人。当年我和姐姐从无锡回山东，也买了一些红色娘子军、李铁梅的泥人像。虽然满大街都是，但朋友告诉我要到惠山泥人厂才能买到用惠山泥做的正宗泥人。在工厂亦展亦卖的大厅里，我一眼看中了一幅作品，是两位高僧对弈，一僧心广体胖，一僧背驼清瘦，两人面对棋盘，脸上是无限的宁静，仔细看似乎还有一丝淡淡的笑意。

2013年

哈佛学苑　　2013 年 2 月

哈佛大学中心的地方是一个有围墙的院子，俗称“老院子”（Old Yard），正式的名字叫 Harvard Yard，中文我不知道叫什么，自己觉得用“哈佛学苑”来翻译似乎比较贴切。其实，哈佛大学的各个学院散布在剑桥小城不同的地方，到处可以看到哈佛的教学楼和实验楼。不同的研究和教学中心也设在不同的地点，有些学院甚至延伸到邻近的小城。

但毕竟要有一个标志性的东西。比如说，那么多到剑桥来的游客，到底去哪里看哈佛。尤其是那些来自世界各地的中学生们，总要有个地方拜佛烧香吧。这个最中心、最古老的哈佛学苑当之无愧地成为哈佛的地标。

哈佛学苑的墙是绯红色的砖砌墙，有些地方爬满了藤蔓，冬天的日子只能看到藤蔓期待春风吹又生的干枯的枝权。院子不大，所以人们用不了很多时间就可以绕外墙走一圈，墙上有着许多门，据说有二十六个，没几步就是一个。所有的门都是通往哈佛学苑的，几乎所有的门也都是开着的。剑桥小城最热闹的街就是哈佛学苑前面的马萨诸塞街，在老院子前面的一段很窄，两边是商铺。西边这个门是哈佛学苑的正门，叫 Johnston Gate，是所有门之中最老的。每年开学的时候新生从这个门列队进来，毕业的时候老生从这个门列队出去，算是走完了哈佛的学程。进门左右是哈佛学苑的两所最老的楼，一所叫马萨诸塞楼（Massachusetts Hall），另一所叫哈佛楼（Harvard Hall）。我常常从这个门进去，在哈佛楼的教室里面听一门哲学史的课程。

哈佛的标志颜色是绯红色（crimson），很像天安门太和殿故宫围墙那种基色，哈佛学苑里面大部分楼也都是这种颜色，从外面看，深深的紫红色的墙配上白色的窗棂，不鲜艳，但厚重耐看。我听课的哈佛楼也是一座两层的紫红楼，里面多是教室，从早到晚，来来往往的学生不断。楼梯上时常有学生坐在那里，在边看书边等着上课。

如果说哈佛学苑是哈佛的地标，那么，约翰·哈佛的坐像就是哈佛学苑的标志了。哈佛学苑里大多数的楼都是紫红色，但有一所楼是暗白色的，有点像上海外滩那些西洋式的楼房，但没有雕梁，很显朴素。哈佛的雕像就是在这所楼的前面。雕像的底座有一人高，人们站在底下，往往只够得着哈佛雕像的脚。大概恰恰因为如此，哈佛雕像上那只最容易够到的脚已经被无数人摸得闪闪发光。整个雕像都披着铜的历史锈迹，惟有这只伸出来的脚，常常在太阳光底下泛着金黄色的光。

哈佛学苑里有好几个图书馆，有手稿善本的专门图书馆，也有哈佛大学最主要的图书馆——Widener 图书馆。我有时到那里去看期刊，期刊阅览室很敞亮，有一排很高的窗户，窗户前面是一些沙发椅，单人的居多，坐在上面，看看杂志，简直是一种享受。尤其是不想看杂志的时候，就抬起头，望着外面的天，很蓝，时而飘过一片白色的云。

我住在 Brattle 街上 Farwell Place 的一所 19 世纪建成的老房子里，出门几步路就到了哈佛学苑。我在那里听课，也在图书馆查资料、看书，还常常在学苑围墙里面走一走。哈佛学苑里面除了本校的学生之外，最多的就是外来的参观者了。无论什么时候，经常看到一群一群中学生到这里来参观，其中最多的是来自中国的高中生，有北京的、上海的、郑州的……有一次，我跟着一群中国的中学生。他们进了哈佛学苑，第一个地方就是 Widener 图书馆。有一个领队的人告诉大家，这就是哈佛最大的图书馆，在世界上排名前五，仅次于美国国会图书馆、大英博物馆等。图书馆没有哈佛证件不让进去，他们在大门外的阶梯下面看，有的走上台阶，站在图书馆大门前拍照留念。第二个地方就是哈佛的铜像。每个孩子都摸着哈佛的脚，先单独存照，然后大家合影留念。

我问这些孩子他们是否要报考哈佛大学，他们说不知道，只是来看看，感觉一下这所世界知名大学。他们还要去麻省理工学院、耶鲁大学、芝加哥大学、哥伦比亚大学等等。都说中国人重视教育，其实，世界上无论哪个国家的人都重视教育。但中国人重视教育和美国人似乎还是有点不同，美国人好像更重视自己的教育，而中国人更加重视孩子的教育。即便是一个无权无势的中国普通家庭，如果孩子能够考上哈佛，父母也可以倾其一生积蓄，甚至借债，将孩子送去上学。记得我 1994 年回国的时候，参加惠普的一个活动。当时惠普在中国多做服务器，谈话之间，我说在中国赚钱可能要做孩子可以用的个人电脑。有人说中国家庭可能买不起个人电脑，我说，按人均收入看的确如此，但将家长的心加上，什么都可能买得起。

想到我的父亲，他一生的心愿就是孩子都能上大学，付出什么代价都会心甘情愿。

父亲的最后一封信　2013 年 3 月

这半年不在国内，今天收到哥哥通过电子邮件给我发来的一封信。一封普通的平安家信，说了母亲、姐姐她们的情况，母亲虽已九十二岁，但身体精神均好，姐姐回上海照顾外孙女等等。哥哥的信又一次勾起了我的回忆，回忆起父亲给我的最后一封信。

我有一个旧的蓝色笔记本，套着塑料封面，在 20 世纪 80 年代曾经是很流行的。我没有写日记的习惯，也从来不想养成这样的习惯。笔记本是当年上大学时朋友送的纪念品，现在这个笔记本仍放在书桌的抽屉里面。翻开笔记本，在塑料套子里面夹着几张淡绿色的信纸。这是父亲 1987 年给我的信。

我一直保存着这封信，因为这是父亲给我的最后一封信，信的内容是我女儿出生的消息。每当看到这封信，眼睛都会湿润，甚至想起这封信，我都会感到一阵阵心的抖颤。怀着一种经历过去且难以名状的心情，将这封信完整地抄录如下：

亚青:近好!

最近你给金莉的信并期末考试成绩全是5分,阅后甚喜,这是你努力所得,为你高兴。

告诉你一个喜讯,金莉已于87.1.20(阴历86.12.21)下午5:30安产一女婴,体重7.5斤(市斤)。娩后母婴均健。在博城医院产科休息3小时后由美琉刘持芳驾汽车接回,产后母婴均健,堪望勿念。

你哥哥日前去青出差了数日,你嫂徐军已放假,闻讯后即赶回,正巧赶上家里找了一个19岁的小保姆,可帮着干点活,一切统望勿念。好了,我因视力太坏,几写不成行,略书数语告慰。详情过几天等金莉给去信吧。

这次正巧你三姨来博,一块去的医院,一直待到娩后一同返的家,余不多赘,即祝

安好

父母字

1.21

金徐教授处已去信告。

1987 年 1 月 21 日，这是我的女儿出生的第二天。当时我正在美国密苏里大学读书，没有办法回去。我接到信的时候已是半个月之后了。当时父亲身体已经非常不好，但是他自己从来没有在信中告诉我他的身体状况，只说了一句“因我视力太坏，几写不成行”，其中甚至还可以感到几分歉意。其他的事情却是该说的都说到了，孩子大小、生产地点和时间，包括阳历和阴历，具体到几点几分，所有想知道的信息都在里面。记得我们家里所有人的生日，也是父亲记在一个笔记本上，有时间、地点，也有阳历、阴历、几点几分。这封信中的主人公是我的妻女，妻子分娩，女儿出生，也提到了大哥、大嫂、三姨以及岳父、岳母，大家都在帮忙。

可以想象，父亲是如此艰难地写完这封短信。信中的笔迹已显颤颤巍巍，时轻时重，有些字似乎是写完又描了几遍才成形的，还有一些重复。钢笔和纸面的接触已经是很不顺妥了，涩滞甚至划痕不时可见。但是，字里行间可以看出，他想把一切好的消息告诉我，让我高兴，让我放心。

父亲喜欢写信。他是个不善言辞的人，但笔下功夫很深。他写信勤快，只要有信来，是必定要回信的，并且十分及时。他的字也写得很漂亮，沉稳大气，又透着几分清秀。沉稳大气大概是他年轻时临魏碑的结果，清秀则是江南的水土滋补养成的。

我是 1986 年夏天第一次到美国留学的。到美国之后，父亲每月给我写一封信。当时还没有电子邮件这样方便的东西，电话很贵，况且一般中国人家里也没有电话，虽然在美国我住的地方有电话，但在国内只能到邮局才可打越洋电话。所有的信息只能通过信件。父亲每个月准时给我写信，将家里的事情告诉我。可惜，大多数信都没有保存下来。只有这一封信，这一封最后的信，这一封包含着新的生命出生的信，被我留了下来，并一直珍藏着。

我收到信的时候，并不知道这是父亲给我的最后一封信，也不知道他的生命已经到了最后的时段。在美国的学习生活十分紧张，每天昏头昏脑，第一眼看到信，十分高兴，因为自己做父亲了。虽然也看到这封信里面父亲写的字大小不均，笔画时连时断，但觉得父亲的信是不会间断的。

不料下一封信就是哥哥写的。哥哥说父亲视力越来越差，看不清楚，所以不能写信了，其他一切都好。哥哥还说，从今之后就由他代替父亲给我写信。我当时心里不知为什么有一种非常不好的感觉，但却极力不使自己向坏的地方去想。从那之后，每个月都是哥哥来信，也一直说父亲身体还好，但眼睛不好，看电视也看不清楚。母亲是一个很少动笔的人，哥哥是家中长子，孝顺父母，也很有责任心，像父亲一样每月一封，从不间断。按理说，由哥哥写信似乎是顺理成章的事情，但我总觉得有一丝说不出来的感觉。

1987 年 10 月我拿到硕士学位后回国，才知道父亲去世的消息。父亲是 1987 年 3 月 1 日去世的。我的女儿是 1987 年 1 月 20 日出生的，时隔 39 天。父亲去世后，家里做出了一个决定，就是让我安心在美国完成学业，谁也不许告诉我这个消息。

虽然父亲的最后一封信主要是告诉我女儿出生的消息，但还是先说我的学业，听说我上个学期的成绩全是优秀，“阅后甚喜”，自然十分高兴。他一生希望孩子能够上学，好好读书，全优的成绩确实是能够使他高兴的一件事情。父亲去世，我竟然不知道，未能最后见他一面，未能在病床前尽孝，未能在灵柩前告别，这成为我终生无法弥补的遗憾。父亲为我们做了许多许多，而我给他最后的一点宽慰，也只能是在美国读书第一个学期的成绩单。

奥克兰讲学　2013 年 3 月

奥克兰大学邀请我去讲学，正巧我在哈佛，乘飞机只有几个小时的行程，就答应了。三月的波士顿依然很冷，从一月到三月，不断地下雪，启程去奥克兰的前一天还下了很大一场雪，一地的洁白。在底特律下飞机，再开一个小时左右的车就到了奥克兰县，奥克兰大学就坐落在这里。

从底特律到奥克兰的路上，不断看到被遗弃的房舍，有的墙皮斑驳，有的窗子破碎，有的被火烧过。我问接机的美国朋友，他们说底特律已经破败了，现在正面临破产。底特律曾经是美国汽车制造业的大本营，福特、通用、克莱斯勒三大汽车巨头的总部都在底特律。城里那些高大的楼房还遗留着旧日的辉煌，但是现在的底特律却可以用荒凉来形容。人口不断迁走，尤其是白人中产阶级，在这里实在没有发展机会，便向着其他的城市去了。底特律鼎盛时期，人口高达近二百万，而现在只剩下几十万人。人走了，政府也就没有了税收，公共服务难以维系。看一个城市服务的好坏，不外水、电、气、教育、警察、交通等，现在的底特律已经没有能力支撑足够的服务了。那些斑驳的房舍和近于荒芜的社区，看上去十分凄凉。

到了奥克兰大学，朋友带我们去看了大学几处有特色的地方。这里大多有特色、有气魄的房舍都是汽车大亨道奇夫人的捐赠，集中在一块地势高起的草地上。最大的一处房舍是一座很大的住宅楼宇，叫 Meadow Brook Hall，中文似可译成“草溪堂”。当年道奇做汽车赚了无数的钱，为了逃避底特律的污染和喧嚣，就在这里盖了房舍，一家人周末享用。道奇夫人原来是他的秘书，后来成为夫人，喜欢英国都铎风格，便专门请建筑师设计了这所楼宇。从外表看，是一座本色石头的楼房，三四层楼高，屋顶上有许多烟囱，据说没有两个烟囱是一样的。楼的正面很宽很长，从一侧绕过去，背面有马厩和汽车房。道奇家的小姐酷爱马术，所以，家里不仅有马厩，还在旁边盖了很大的室内赛马场，天气不好的时候便在屋里面骑马，还有就是举办马术比赛。据说马厩有两个，一模一样，但后来大火烧掉了一个。现在剩下的一个已经被奥克兰大学当作研发中心使用了。

这所房子已经赠送给奥克兰大学，也做了学校招待宾客或是举行活动的地方。主人专门将我们的晚饭定在这座房子里面。吃饭之前先参观，里面很大，大概有几百个房间。道奇得流感去世，道奇夫人再嫁，第二任丈夫是经营木材生意的威尔逊先生。虽然也很有钱，但比之道奇夫人，相差甚远。所以，最大的卧室是道奇夫人的卧室，而先生的则要小不少。但威尔逊先生肯定颇有创意，因为他在一楼有办公室，其中设有旋转暗梯，可以直接通往楼上的卧室等。孩子的房间也十分豪华，有自己的卧室，有各自的客人房，浴室等也是一应俱全。

我们吃饭是在一楼威尔逊先生的办公室。现在已经成为学校的接待包间。美国饭店里面鲜有包间，大家都是在一个毫无遮拦的空间里面，我们俗称散座。无论多好的饭店，很少能够见到包间。但这里不同，确有几个包间，里面只放一两张桌子。也有大间散座，曾是道奇夫人一家的舞厅，那天正巧也有饭局，几十张桌子摆下，仍然宽绰有余。吃饭期间，主人介绍了这间办公室，里面的木头墙板上雕刻的是威尔逊先生的生平故事，绕墙一周，从孩提时期，到上大学、做木材生意等等。有意思的是在正门上方的横梁上，刻的是一排六七张面孔，每一个都在张嘴大叫，以致面部呈狰狞状。这是威尔逊先生上大学的老师，大概他印象中的教授都是一些狂放书生。这使我想起前几年看过的一本中国小说，好像把教授谐音为会叫的野兽。

面对着这样一所豪华的楼宇，面对着里面天花板上精美的雕刻，面对着巨大的壁炉和壁炉中劈啪作响的炉火，还有，晶莹剔透的巨型吊灯、一尘不染的古典家具，很多，法国的、中国的、美国的，等等不一，参观者只能惊叹房舍的豪华和房主的富有。我的感觉是这所房子好大好空，里面只住着四个人，虽然有许多的佣人，虽然有不少的保镖，但是，四个家人，一人独占很大的一个空间，相互之间也是相距着很大的空间，让人觉得处处是空。宽敞的空，辉煌的空，丰满的空，干干净净的空，冷冷清清的空，巨大的壁炉似乎也难以抵消更为巨大的房子里的空旷。底特律弃置的房舍斑驳凄凉，这所大房子却是辉煌空荡。再多的人气都难以填满这种空荡，更无法压倒那种居高临下的辉煌。

吃完晚饭，朋友带我们去他家。这是他新买的一所二手房，原来是一户标准的美式住房。三层楼，地下室是活动的地方，一楼是起居待客的地方，二楼则是私密的卧室。朋友买来之后，做了彻底的改装。他今年已经七十岁，只有老两口，所以将三层改为两层，地下室和一层，卧室和活动都在一层，十分方便。房子面积不大，起居室连着厨房、卧室、他的书房和夫人的工作间。这位夫人酷爱做被子，通往地下室的楼梯上挂满了做好的被子。在美国，做被子是一门艺术，用多种颜色的布拼出不同的图案，很漂亮，但需要大量的人工。所以，他的夫人专门设了一个工作间，里面是图案、布料、针线、缝纫机之类。屋子一面墙上挂满了他们家人的照片，从祖父辈开始一直到孙子辈。朋友好福气，有十九个孙子孙女。他的夫人说要给每个外孙、外孙女都做一床被子。

一下子想起了山东老家的风俗，无论哪个孩子结婚，当母亲的总是要送给孩子几床被子，多是棉布棉花的，家境好的就用绸缎和丝绵。我结婚的时候，母亲还给我们准备了两床丝绵的被子，一床是红缎子被面，一床是绿缎子被面，很暖和。每年家家户户都要翻洗用过的被子。记得到了夏天，家里的舅母表姐们就会在四合院里铺一张很大的席子，然后洗干净手，再将要做的被子放好，底下是被里，中间是棉花，上面是被面，铺平之后，一针一针地绗起来。大家围在一起，一面缝被子，一面说说笑笑，谈些家长里短，说些私言秘语，也比谁的针线功夫好。到了天冷的时候，就把翻洗做好的被子拿出来，先在太阳底下曝晒，然后铺好放在床上。直到现在，我还是喜欢那种被子。尤其是太阳刚刚晒过之后，暖暖的，很贴身，还遗留着舅母表姐的说笑和太阳的味道。

朋友说他的房子与道奇夫人的豪宅相比，实在是太小了，东西四处摆放，也显得有些零乱。但是，他更喜欢他的房子，是他自己设计翻盖的，是他和夫人两个人住的。我说我也是更喜欢他的房子，小的有人情，小的有人气。恰恰是那几分的零乱，无意中透出了家的本原。

哈佛印象　2013 年 5 月

哈佛的精神是求真，是通过学术而求真。哈佛校训如是说。

到过哈佛好几次了，但以前都是匆匆忙忙，开会或是讲座，这次时间比较长，有一个学期，可以稍微深入地感受一下这所大学。转眼已在哈佛待了三个多月。记得几年前去普林斯顿的时候，曾经对普林斯顿大学的“小”颇有感受。哈佛很大，散布在美国麻省剑桥小城，有些学院甚至坐落在相邻的城市里。但“大”并不是印象最深的东西，想来想去，可能印象最深的是哈佛的“散”。

刚到哈佛，去国际中心报到，在发的材料上就有一条有意思的提醒：哈佛是一个松散的学府，各个科系、学院和中心都很独立，建议更多地了解你所在学院或是中心的情况。这诸多的学院和中心自由度确实很高，各有各的活动，各有各的议程，作为独立单元，举行各种各样的教育和学术活动。从结构上看，像是各行其是，很少看到有什么哈佛统一的活动，如果有，可能就是足球比赛。有一次听一位到哈佛访问的中国同事抱怨，说他们校长来，哈佛校长、副校长都没有出面。因为对方问他们想做什么，他们说希望了解法学研究和教育，于是便派法学院的教授和学生同他们见面座谈。美国的学界似乎不太讲究行政级别的对等，有的时候让国内的朋友感觉没有面子。

再就是上课。开始的十几分钟似乎总是有陆续进入课堂的学生或是其他人。我旁听了一门哲学课，最初两周是学生自由选课时间，美国大学里叫 class shopping，也就是说诸多的课程就是商品，你可以到处串课堂、选商品，两周后再决定正式选什么课。自由选课时段，上课后十几分钟内人来人往也似乎是正常的，但两周之后，依然如此。有一次与一个老哈佛谈起这件事，他说这很正常，戏称“哈佛时间”。所有大课都是随便听的，除了正式选课的学生，其他人都可以旁听，受欢迎的课往往是满屋人，过道上、窗台上也挤满了人，有的时候因为人多而换成更大的教室。

不少的时候，讲座的人很有来头，但也都是自愿去听，没有什么硬性的规定和要求。在这里时而碰上一些各界名流，政界、商界、学界都不少，但形式都很松散，也不太讲究礼仪。像索拉纳，曾担任欧盟理事会秘书长兼共同外交与安全政策高级代表，也就是欧盟外长了，讲座的时候也只有稀稀拉拉二十多个人在听。还有一次，我们请一位卸任不久的外国总统来讲座，预定时间是一个半小时。这位前总统十分能讲，也很会讲，到了时间，他仍谈兴未减，听的人有些也似乎饶有兴趣。主持人说，对不起，我还有个活动，必须得走，讲演人和感兴趣的人留下继续讨论吧，我告辞。然后，陆陆续续也走了一些人，有的留下来讨论，似乎没有人介意什么。

这是一种很有意思的“散”，很像我们所说的形散。但哈佛确实也有“神不散”的一面。这种神是集中在知识生产方面。一些中青年教授除了上课之外，大部分时间花在研究上面，许多教授的办公室晚上十点之后还亮着灯。不少时候，人们三三两两相约共进午餐，但大部分时候都是在谈自己的学术研究。我到哈佛之后，不少时间被人约午餐，也有一些时间是我约别人午餐，大部分午餐的时间都是在谈或是他或是你或是别人的近期研究，希望能得到启发和帮助。如果你去剑桥小城哈佛附近的饭店里吃饭，尤其是午餐，可以听到旁边的人很多也是在谈他们研究的东西。有经济、社会、政治，有文学艺术，也有生命科学之类的听不懂的东西。

哈佛有不少年老的教授，七八十多岁了仍然学术生命旺盛，不断有新的重要的成果问世。比如傅高义（Ezra F. Vogel）已经八十多岁了，他是研究中国问题的专家，花了十年完成的《邓小平传》刚刚出版，中文版随即也出来了。老人还是满世界跑，有时在校园里见到他骑着自行车，骑得还是相当快。

形式上的“散”，大约有一个好处，就是使人们更有自由将精力集中在自己感兴趣或是视为生命的东西上面。在哈佛，对于大部分教授而言，这可能就是知识生产。如果这种学术的“神”不散，一个学府的精气神也就都有了。在哈佛广场的Coop书店里，有一块地方专门摆放的是哈佛教授的学术著作，展示着他们生产的知识产品，也显示着哈佛的精神。

如果学术是哈佛之“神”，那么什么是哈佛之“魂”呢？是象牙塔里的执着苦读，还是教授们的争执辩论？似乎都不是。

因为专业原因，我到肯尼迪政府学院的时间比较多，或是听讲座或是约人交流或是参加学术讨论。肯尼迪学院是哈佛一所著名的学院，很多国家的政要和美国的政治精英在这里学习过。与哈佛其他学院比起来，肯尼迪学院不算太大，有一个近于环形的裙楼围成一个近似院子的地盘，可以说是相当朴素。在肯尼迪学院的走廊上，无意碰上一个人，可能就是哪国的前总统或是前总理之类。每个学院都有自己的餐厅，这些人在餐厅里买了吃的，就坐在走廊的凳子上喝咖啡，吃汉堡，与其他人也没有什么两样。这里几乎每天都有讲座，多是政治、外交之类的内容。

走出肯尼迪学院不远就是查尔斯河，哈佛商学院在河的对面。过了河应是出了剑桥的地界，算是另外一个小城了。哈佛商学院是张扬的，不愧是金钱垒起来的，据说五百强公司的高管很大一部分有哈佛商学院的血统。商学院气派之大，其他学院难以比肩。商学院有一个很大的建筑群，呈哈佛的标准色，绯红色的砖墙，间之白色的门框窗棂。中心的塔楼顶上是金黄色的标杆，楼里面的装饰和摆设也似乎超出了一个高等学府应有的朴素，商学院图书馆的一层颇有些五星级宾馆大堂的意思。哈佛商学院世界闻名，培养了一大批商界的精英，遍布美国和世界各地，包括美国大型企业、世界金融和经济机构等等。里面的咖啡厅和餐厅可能也是哈佛各学院最好的。好几个朋友推荐我去那里吃，我也去过几次，花样是其他学院无可比拟的，价格也不算贵。不过，美国餐厅对我来说似乎味道都差不太多。

过去一个朋友，知道我在哈佛，电话、短信告诉我去法学院看看过去的一个熟人。于是，我去了法学院。哈佛法学院是美国历史最悠久的法学院，培养过八名美国总统，四十多位教授获得过诺贝尔奖。法学院虽然看上去比不上商学院豪华，但占据着哈佛大学最好的地角，沿麻省大道，距离哈佛学苑很近，楼群跨两个多街区，主建筑呈绯红色，但也有其他颜色，比如本色、黑红色。如果说肯尼迪政府学院是朴素的，商学院是张扬的，那么，法学院就是肃穆的。每个楼看上去都很厚重，甚至可以说是敦实。有一所楼是黑红色，比绯红色更有让人敬畏的感觉。

以前曾经参加过一个跨国的学术研究项目，题目是比较各国国际关系理论的基本思想或者说灵魂。一位美国教授的论文说，美国的基石就是“自由主义”，美国国际关系理论的核心内容和思想基础也是自由主义，美国对外政策虽然在现实主义和自由主义之间摆动，但自由主义是底线。我基本同意他的观点，自由主义确实是美国精神的支柱。还有一次，大家在一起喝茶聊天，也说到美国精神，有一位朋友说，美国精神是实用主义。她从杜威哲学开始谈起，讲到罗斯福新政，再讨论当今的硅谷，优雅的精神无疑变成缺了一口的苹果。我觉得她的话也很有道理。

再看哈佛，似乎这所学府反映了一种很有意思的结合：自由主义和实用主义的联姻。法学院培养谙熟自由主义法学思想和法律实践的精英；商学院培养谙熟自由主义经济思想和市场经济的精英；肯尼迪学院培养谙熟自由主义政治思想和政府管理的精英。自由主义与权力、市场和法律，思想理念与国家社会以及人的实践，似乎都在哈佛的庭院里结合起来。还有那些高举批判旗帜的文学、语言学、社会学等领域的学者教授，又不时以他们更加激进的自由主义或是反自由主义思想来批判、提醒这些精英，使他们不断反思。人们往往把哈佛当作纯学术的殿堂，这虽然有一定的道理，但更多的是一种错觉。在这所顶尖的高等学府，实用主义穿行在学术的象牙塔里，犹如庖丁解牛的利器，行动自如，游刃有余。用哈佛法学院现任院长的话说，就是哈佛的法学总是解决实际问题的，总是为公众服务的。

走出哈佛法学院，站在麻省大道旁边，回想在哈佛看到的一些奇妙的结合：自由主义与实用主义，梦想与现实，思想与物质……也许，这就是哈佛的灵魂。

从不远的地方传来钟声，随着钟声望去，那是一座古老的教堂。

教书的体会　2013 年 10 月

在高校教书已三十年，教授国际关系理论这门课程也有很长时间了。作为一名教师，最感欣慰的莫过于教出了一批学生。尤其是教过的博士生，他们毕业之后，大多也从事国际关系的教学和研究工作。每次看到他们的研究成果，都感到学术薪火的传承，都会因此感到高兴激动。现在他们也成为教师、研究员、博士生导师了。学术的执着和事业的承担使他们笔耕不辍。今年得以选取他们的一些论文汇集成册，抚卷浏览，颇有感触。多年问学，多年教学，偶有心得，随笔写下，作为这本集子的一个序言，也收在这里，作为自己教书的一点体会。

艺术之魂、科学之道

做学问的方法当是“艺术之魂、科学之道”。

我喜欢艺术，比如诗词歌赋、绘画雕塑。闲暇之时，也愿意走一走博物馆。欣赏艺术，是一种享受，享受艺术作品的风采神韵，也感受艺术家的奇思妙想。由此想到了艺术之魂。艺术的灵魂就是天马行空的思想驰骋，不受任何拘束，不怯任何权威，不惧任何羁绊。这种思想驰骋，成就了艺术大师，成就了非凡的作品，成就了与众不同的独特，成就了流传万世的作品。读李白的诗，眼前是上天入地的精灵；看毕加索的画，心中是鬼斧神工的意象。做学问，首先需要的大概就是艺术之魂。简而言之，艺术之魂是艺术中的自我的灵魂、自我的思想。我时常提醒自己并时常告诉学生的是，研究要有自己的思想。博士论文，首先看重的是有没有一点自己的思想融在里面。虽然任何创新都是站在别人的肩膀之上，都是受到前人研究的启迪而产生的，但这一点自己的思想必须是你有而别人没有的，恰恰是这一点闪烁的思想构成了整篇论文的灵魂。艺术的灵魂有的时候可能远离现实，但是永远清新、永远独特、永远闪烁着令人眼前一亮的灵光。艺术的灵魂也就是学术的灵魂。

当然，学术研究，只有艺术之魂还是不行的，“科学之道”也非常重要。我所说的科学之道不是科学的原理，不是唯科学主义，更不是只有以行为主义的研究方法做研究才是科学的，而是要遵循学术规范，将驰骋天地之间的思想以学术的规矩收拢起来，成为严谨的学术产品。偶读

《历代状元试卷》，翻开后竟不能释手，因为这些文章写得真是精彩，起承转合，问析思辨，皆行云流水，字字珠玑。反思八股，实际上是确立了一种写文章的形式，要求做这种文章的人按照固定的形式和规范去写，写的人和看的人都可以很容易地把握内容，比较高下。其实，学术规范也是如此，要求研究人员依照一定的规范将自己的研究成果表述出来，使作者和读者比较容易地把握其问题、其观点、其推理、其结论。我所说的科学之道，就是这种学术规范。有人说，八股写不出好文章，实则不然。都是在八股的框架之中，那些状元试卷的开题如此清晰，观点如此鲜明，分析如此深刻，结论如此明确，篇篇都是立意新颖，言之有物。所以，使人写不出好文章的是思想八股，而不是文体八股。学术研究也是一样，有意义的研究问题，有批判意识的文献梳理，有鲜明自我的观点命题，有全面深刻的分析论证，有言简意赅的研究结论，这些构成了学术研究的基本要素。艺术的灵魂不需要任何形式的羁绊，科学的精神需要严格遵守学术规范。

有人提倡有思想的学术，有学术的思想；中国古人言“删繁就简三秋树，领异标新二月花”，大约也都是表达了与艺术之魂、科学之道相近的意思。

人类为体、天下为用

做学问的气度当是“人类为体、天下为用”。

西学东渐以来，中学西学何以为体、何以为用似乎成了一个反复出现的困惑和久争无果的辩题。中国的知识分子一直在困惑和辩论中学知识、教学生、做学问。“中学为体，西学为用”，是中国在面对西方的迅速发展和扩张时期对西方现代文明刺激的一种反应，是对中西文明关系的一种思考，也是对知识生产的一种态度。其后出现的西学派、中学派及其争论一直不断。不论以什么方式出现，不论话语重心表现在什么样的具体领域，这种争论的焦点似乎总是有着体用的影子。“西方中心论”是近现代形成的一种观念。由于西方在近现代历程中的迅速发展，在理念、制度、科技等方面的创新，西方中心论的观念以优势文明的形态迅速扩散，西方在学术领域和知识生产方面的优势也彰显出来。

当今世界是一个全球化的世界。要生产新的知识，无论是体用的思维方式还是西方中心论的观念，显然都不能适应时代发展的需求。以全球的视野去审视中华文明、西方文明，去发现人类的共同关切、利益和价值，去凝练不同文明中的精粹，为创造一个新的开放性知识体系奠定坚实的基础，这就需要重构知识和知识生产的方式。如果仍然使用体用的概念，那么，“人类为体、天下为用”当是应取的态度。

“人类为体、天下为用”为新知识开拓了天地。学术创新是一个永恒的主题，也是学者不懈追求的目标。在社会科学诸领域中，国际关系学本来就是一个后起学科。我国的国际关系研究起步更晚，也依然落后于其他一些国家，尤其是在这一领域发展较早的西方国家。要想创新，就要有“跨东西文化、做天下学问”的胸怀。当今世界，知识传播和知识生产已经超越了“中学西学”的体用问题，已经跨越了这种非此即彼、二元分立的状态。中国国际关系学术研究三十年的历程见证了又一次西学东渐，但这一次却有着更多的中国关怀，包含了更多的中国问题，孕育着更多的中国学人。

“人类为体、天下为用”提倡的是开放的思想。开放的思想和开放的思维体系永远是创新的不竭源流。两千年来，包括中国在内的世界几大文明中心的思想家为人类生产了不朽的知识，奠基了知识的大厦；五百年来，则主要是西方思想家的知识生产与再生产，为人类的创新作出了贡献，这些思想成为人类知识宝库中的瑰宝，也是人类共同的财富。近现代的中国，从严复那一代人起，就开始了学习的过程，今天仍在学习。正是一种开放的思想使我们能够认真地学习，并在学习中不断成长，不断发展，不断建设我们的学科，不断思考有着学术意义的问题。

但是，这种学习的目的是创新。学习是与创新并行不悖、相辅相成的。如果没有创新的意识，学习的结果恐怕只能是确立和巩固已有的话语霸权。许多先哲都提醒人们，学术的“齐一化”是危险的。有位中国学者在研究庄子的时候有这样一种评论：庄子从不把自己的观点强加于万物之上，从不人为地强求千篇一律。庄子反对这种违背天下之常然、违背万物性命之情的做法。如果现有的理论都完美无瑕，如果现有的学术巨匠都无懈可击，那么，学术的进步就停滞了，学术的历史就终结了。在国际关系领域，无论是现实主义、自由主义、建构主义还是一些非主流的理论，都在努力创新，都在艰难地探寻新的知识增长点。在欧洲，学者们不断思考欧洲的实践，不断挖掘欧洲的经验，积极展开跨大西洋的学理论战。在亚洲，越来越多的学者也在讨论国际关系的学术创新。这是因为，所有的理论都是有缺陷的，都是可以改进和推翻的。也正因为如此，学术是不会停滞的，历史也是不会终结的。

我提倡建立国际关系的“中国学派”。这是一个有争议的话题，各种不同的意见都有道理，也都有自己的不同视角。实际上，中国学派更是一个符号，它的意义是唤起学人将中国文化精髓提炼出来，使迄今为止未被发掘出来的思想璞玉放射光彩，贡献于国际关系乃至人类知识的宝库，使知识的世界更加丰富多彩。我理想中的创新是在理论构建和推理方法上借鉴西方严谨系统的知识生产，在思维理念和审美取向上贴近中国礼乐情感的文化灵魂。我希望以创新意识挖掘传统，以反思精神借鉴西方，超越东西二元对立的定势思维。只有这样，才能真正做到“人类为体、天下为用”。也正是在这种全球视野和人类的关照之下，知识的生产才不是用一种知识话语替代、征服、消解其他话语，而是一个自我和他者相互学习和借鉴、互为生成条件、互为变化条件、形成新的知识合体的过程，也就是一个“美美与共”、共同进化的过程。

学如其心、文如其人

做学问的根本当是做人。

中国人历来认为，要学做学问，首先学做人，因为“学如其心、文如其人”。学如其心。一个人学问是否可以做大、做出气势、做出新意，首先要看这个人的胸怀气度。心多大，学问就可以做到多大。心的支撑是理想，做学问的一个原则是求真，但是做学问的人的一个原则是求善，也就是要有向善的理想。北宋哲人张载曾写下“为天地立心，为生民立命，为往圣继绝学，为万世开太平”的名句，后人有诸多诠释。我无意讨论这些不同的见解，因为读“横渠四句”的时候，我首先不是思考这四句话的本意，而是被张载的气势所震撼，为他的境界所折服。冯友兰先生说得对，这四句话是高山仰止，景行行止，心向往之。之所以有气势，之所以有境界，是因为有理想，理想才能使心向往之。不论是哪一个学科的学者，不论是文科还是理科，都是需要以理想为准绳的，否则就没有气势和境界可言。作为国际关系学科的学者，理想是世界和平，这也直接契合了张载的最后一句话，“为万世开太平”。

国际关系作为学科的开始可以追溯到英国设立第一个国际关系教席，这个教席是第一次世界大战之后以美国总统威尔逊的名字命名的，而威尔逊在国际关系学领域最重要的遗产是理想主义。第一次世界大战对人类生命的残害使得有识之士希望设计和建立新的国际秩序，使世界免于战争之苦。当时，威尔逊是美国总统，美国也已经成为世界第一号强国。威尔逊的名字是与“国联”联系在一起的，威尔逊遗产中最典型的是他提出的“十四点”计划。这是对强权政治和大国恶性博弈反思的结果，也是希望通过某种国际安排和制度防止战争、保障和平。这是一个很有意思的现象，因为在最为“现实”的国际政治领域，现代国际关系理论的起源却是试图改变强权政治现实的理想主义。虽然理想主义中有着不少不切实际的幻想，虽然国联的许多活动失败了，但世界和平却一直是国际关系学的崇高理想，是国际关系研究的终极目的，是国际关系学者的努力方向和真诚愿景。

人们往往认为，政治现实主义是没有理想的。霍布斯的现实是你死我活的丛林，是弱肉强食、适者生存的自然状态；卡尔的现实是强权政治的舞台，是不允许乌托邦存在的角逐场；摩根索的无政府世界是为权力而斗争的生死场，是没有普世道德只有国家利益的利己主义天地。其实，这只是现实主义学者的一个方面。如果认真阅读现实主义的经典著作，我们还可以看到另外一面。爱德华·卡尔是第一个将国际关系研究上升到理论高度论述的学者，也被公认为现实主义的奠基人。他在《二十年危机》中重点批判了第一次世界大战和第二次世界大战之间乌托邦思想的泛滥，但是他也没有忽视理想，即便是在对乌托邦主义的尖锐批判声中，他也提醒人们要将现实和理想结合起来，因为没有理想的现实主义是贫瘠的，“成熟的政治思想和良好的政治生活只能存在于理想与现实融合的环境之中”。摩根索将其写在副标题中，那就是“和平”。摩根索生长在一个国家纷争四起、欧洲战火不断的时代，这使他认识到现实的残酷。权力的诱惑和利益的冲突使得国家间政治充满了斗争。但是摩根索的目的仍然在于发现通向和平的手段和路径，即便是在强调为权力的争斗之中，他仍然没有忘记和平的理想，没有忘记探求实现和平的手段。

文如其人。一个人写出来的文章、做出来的研究成果，如果不是剽窃，就会隐含着他的灵魂，看到一篇文章，就像看到了写文章的人，看到一个学者，也就会想象出他所写的文章。人的支撑是道德。道德与文章，两者不仅不可分割，而且同为一体，中国往圣先贤的总结确实很有道理。道德品行端正，写出来的文章自然端正。

再回到国际关系理论，摩根索对道德的认识在国际关系领域里可能是具有典型意义的。他认为作为个人和作为国家的道德是不同的，作为个人的道德是我们日常所理解的道德，而作为国家的道德却是以国家利益所界定的。这是我最不赞成摩根索的地方。这种观点会使人们想起马基雅维利，想起这位哲学家的名言——只要实现目的，可以不择手段。其实国际关系和人际关系有着许多相通的地方。试想一个人如果时时事事都是为了实现自己的目的而不择手段，都是为了个人的利益权衡计算，完全没有道德底线和行为守则，那么这个人一定不像他预期的那样，处处收益，而更可能是人人鄙视了。

孔夫子最喜欢的学生当是颜渊，孔夫子最喜欢颜渊的地方，就是他的道德执着。道德铸就了颜渊，道德就是颜渊。正因为如此，当颜渊先孔子而逝的时候，孔子才如此地悲痛，发出了“天丧予”的悲叹。颜渊可能不是最聪明的学生，也可能不是最睿智的学者，但是，他的德行成就了他作为孔子大弟子、位列孔门贤人之首的学问灵魂。现实主义的观点是国家的道德不应当等同于个人的道德，如若这一观点为真，则国家就和它的人民完全分裂开来，甚至对立起来。国之道德与民之道德原本相同相通，因为这两者之间原本就是一体的。没有国家的道德，何谈民众之道德？国之利益与民之利益原本也是相同相通的，没有人民的利益，何来国家的利益？道德和学问也是一体。没有道德的学问犹如断线的风筝，可以飘得很高，但却永远不知飘向何方。

重视理想道德，不等于不关心现实，不等于不寻求利益，而是要在心中有理想的情操和道德的底线，这样的理想和道德使我们更好地理解现实并且向着更好的方向改变现实，这样的理想和道德造就了包含理想和道德的学问。我希望学生们有理想。他们研究的是国际关系，所以，在他们的学术生涯中，在他们的研究过程中，在他们的信念体系中，他们的理想应该是世界和平，且是“为万世开太平”。我希望学生们有道德的承担，用道德支撑起做学问的天地，也用道德支撑起心灵深处的人格。

2020—2025年

把玩学问　　2020 年 2 月

初知“把玩”一词，是舅舅教的。那时候我还很小，常常到舅舅家里玩。舅舅喜欢奇巧物件，有一枚核桃微雕是他的心爱之物。每次去他那里，似乎都见他拿着那枚微雕左看右看、反复欣赏。我实在不知这样一个小小的物件，怎么会有这么大的吸引力。舅舅告诉我，这枚核桃可不一般，虽个头很小，却内涵无限。只要我去，舅舅总是让我和他一起看，今天告诉我核桃上雕刻着老渔翁的头发和胡子，明天告诉我渔翁身旁古树上的小鸟，后天又告诉我小鸟的嘴里衔着一只蚂蚱，等等不一。反正每次舅舅都有新的发现。有一次，他甚至告诉我山石后面必定有一只小狗和一壶老酒。

“把玩”一词在《现代汉语词典》中的定义是“拿着欣赏”，这种解释，总感有点索然。在《辞海》中的解释是"拿着赏玩"，并举了陈琳《为曹洪与魏文帝书》中的一句作为例子，"读之喜笑，把玩无厌"。查原文如下：

> 十一月五日洪白：前初破贼，情爽意奢，说事颇过其实。得九月二十日书，读之喜笑，把玩无厌，亦欲令陈琳作报。琳顷多事，不能得为。念欲远以为欢，故自竭老夫之思，辞多不可一一，粗举大纲，以当谈笑。

此陈琳便是写下《为袁绍檄豫州文》的建安七子之一。陈琳文采斐然，在为袁绍写的檄文中大骂曹操，"司空曹操祖父中常侍腾，与左悺、徐璜并作妖孽，饕餮放横，伤化虐民。父嵩，乞匄携养，因赃假位，舆金辇璧，输货权门，窃盗鼎司，倾覆重器。操赘阉遗丑，本无懿德，僄狡锋协，好乱乐祸。幕府董统鹰扬，扫除凶逆"，詈辞恶言，追咎祖先，畅快淋漓。后陈琳被曹操所俘，曹惜人才而收之用之。《辞海》之所以举此例，是说把玩与文章有关。推而广之，学问是可以把玩的。

我上大学时专业是英文。中国人学英文以精读为最重要的课程，就是把每一篇所选文章反复研读，其中每一个词都尽心揣摩，每一个词组都铭记在心，难懂的句子一定要用简单的方式释义出来，优美的文章也一定要背诵熟记。一篇精读课文，一般要用一周时间学习。那种反复阅读、反复欣赏、反复琢磨的学习，恰是"把玩"的过程。

这大概是中国人的学习方法。旧时塾童学习，先是死记硬背，把四书五经、唐诗宋词之类背得滚瓜烂熟，年岁到了，再行理解。我曾背诵过罗素一篇将人生比作河川的文章，将年轻比作出山之川，水流湍急、激荡澎湃；将老年比作入海之河，流缓气静、大度无声。反复诵读，竟是身心随行，年纪越大，感受越多。

学习翻译的时候，老师也是让我们先把原文反复阅读，真正理解，然后再思考怎样翻译。记得有一次老师先让我们读培根的《谈读书》，然后将王佐良先生的译文给我们看，大家无不为王先生的译文所折服。老师说了一句："没有把玩原文，怎能跳出原文；没有跳出原文，怎出如此译文。"大家觉得，老师"把玩"一词用得恰到好处。对于我们这些学生而言，王译《谈读书》在文字上似乎已经超出原文的遣词造句，课下大家也是反复阅读，且饭桌旁宿舍里不时讨论，有时到了穷究一字一词的地步，可谓"把玩"。这种把玩英文的方式，其实是很有用的。虽然后来英语学界出现了各种不同的教学方式，比如"听说领先"等等，但以精读为主的把玩方法，始终是中国英语教学实践没有放弃的方法。毕竟，这种方法培养了一代又一代优秀的英语人才。

后来我学习国际关系，发现这种"把玩"的方法也是有用的。有些经典著作，不仅需要一遍一遍地读，而且要做出详细的读书笔记，然后对照原文读笔记，再做出比较简单的笔记。似乎每一遍都有些新的体悟。放下一两周，再去读原著，竟会有一些新的发现，有的时候，甚至读出一些出乎意料的新意和原文之外的感受。赶快记下来，有些便成了以后自己写论文的内容。记得当时读华尔兹结构现实主义的理论专著、格里克相对收益的论文、温特行动者结构双向建构的论文，似乎都有这样一个把玩的过程。经典著作尤其需要把玩，熟知要义、明白推理、感悟智慧、发现问题。一遍一遍反复地阅读、理解、思考、想象，每一遍都会有些许新的发现，跟我舅舅把玩那一枚核桃微雕的行为、状态、感觉、兴奋，似乎都没有什么两样。时而有些出乎原文的感悟，有的会被我写进考试的答题之中，竟然多次为此得到高分。回国的时候，选了四五本读博士时的读书笔记带回来，到现在写论文还会找出来查寻一二，所以也一直没舍得扔掉。

看来学问也是要靠把玩才能悟出点情趣、才能品出些与人不同的味道。想到了培根的话，“书有可浅尝者，有可吞食者，少数则须咀嚼消化”。咀嚼消化者虽在少数，但唯此少数，才是把玩经久的物件，是刻在脑子里的印记，是一生做学问不断闪烁而出的精灵。把玩，确实是拿在手里欣赏，比如舅舅那枚核桃，不断在手里辗转反侧，才会形成那么丰润的包浆。把玩的东西是在手里，把玩的观赏是在眼里，但把玩的感悟却在心里。无论是一个物件还是一门学问，把玩都浸透了心的灵通，都是心物之间的情感循环和心心之间的生命感应。

盲人摸象与学海无涯　　2020年9月

上小学的时候，有一篇课文叫做《盲人摸象》，说的是几个盲人摸一头大象，有的摸到象腿，就说大象像一根柱子；有的摸到象身，就说大象像一堵墙；有的摸到象尾，就说大象像一条蛇；等等不一。老师告诉我们，什么事情都要观其全貌，切切不可只观一点而不及其余。那时年纪还小，觉得老师说得很对，只是有一点不解，怎么大象成了观察的对象？

后来年纪大了，就去查《盲人摸象》的出处。原来这个故事出自《大般涅槃经》，原文是："其触牙者即言象形如芦菔根，其触耳者言象如箕，其触头者言象如石，其触鼻者言象如杵，其触脚者言象如木臼，其触脊者言象如床，其触腹者言象如瓮，其触尾者言象如绳"。大象在南亚是最常见的动物，性格温顺，为人坐骑，以大象喻人喻事，在印度等南亚次大陆国家应该是很寻常的事情，大概就像中国人的龙一样。进而，大象身体硕大，才会使诸盲人不能查其全部。

从盲人摸象想到了苏轼的《题西林壁》一诗：“横看成岭侧成峰，远近高低各不同。不识庐山真面目，只缘身在此山中。”身处庐山之中的诗人，受视野局限，只能从自己的位置看到庐山的一岭一峰，于是便感叹人处山中，便无法看到庐山全貌。苏轼大约也是在说，人在世上，便无法识破世界的真面目了。虽然苏轼也认为庐山有一个真的面目，但是作为一个人，视野又能有多大多宽呢？大概也只能认识万一，那个真实的面目永远是可想而不可及的。

知识是否也是如此？有人认为大千世界、浩渺宇宙的知识都是可知的。一个明眼人自然可以看清大象，有了飞机，有了卫星，庐山全貌一目了然。随着科学和技术的发展，宇宙的一切都是可知的、能知的。牛顿的经典力学告诉了我们前牛顿时代不知道的东西，知识的范畴大幅度扩展；爱因斯坦的相对论又告诉了我们牛顿不知道的东西，我们的知识又增加了；量子力学则再次告诉我们爱因斯坦认为不可思议的鬼魅般现象。盼望总有一天，人类会掌握所有的知识，知道所有的一切，驰骋天地，纵横宇宙。但实际上却是人类的知识总是那么可怜，总是那么蜷缩于一隅，给人以求新知的希望，也让人永远在追求新知的路上。

记得有一位学者从一个自然科学家的视角告诉我们，浩瀚宇宙是无法全部认知的。我们所知道的连沧海一粟都不够，我们的感官可以认识的东西连广漠一沙都不及。从这个角度来看，我们居住的客观世界是如此广袤，我们面对的无垠宇宙是永远也不会将全貌显现于人的。人的观察界域无比渺小，人的认知范围无比有限，即便客观世界从理论上是可知的，人的实际能力却是永远无法实现全面的认知。

想到了福柯的知识考古学。我们面对的社会世界是可以全面认知的吗？无数伟大的社会科学家都秉持社会世界可以全面认知的坚定信念，穷毕生精力对社会世界孜孜格物以求致知。孔子的忠恕、孟子的性善、朱熹的“格物致知”；王阳明的“心外无物、知行合一、致良知”；亚当·斯密的《国富论》发现了市场作为“无形之手”的功力；马克思的《资本论》揭示了资本积累和发展的批判精神；洛克的《政府论》描述了理想政府的基本形态；孟德斯鸠的《论法的精神》对权力的深刻理解；等等不一。无疑，这些伟大的思想家都在思考我们身处的这个社会以及社会的理想形态。当然，庄子是一个超然的例外。

突然，福柯说，追求全面知识的努力几乎是徒劳的，因为即时的知识是一个符号诠释体系，这个体系背后则又是一个符号诠释体系，继而无穷。以符号诠释体系去认知、建构、生产知识，这样的知识只能建立在某种有限的符号诠释体系之上，恰似山后有山，天外有天。据此，何来全面客观的知识？而什么样的知识是知识，什么样的知识是真实的知识，什么样的知识是有用的知识，大约只能加入权力的杠杆才能做出些许的回答。所以，培根说，“知识就是力量”，福柯诘问，“谁的知识？谁的力量？”。

又回到了上小学的时代。老师常常教导我们的一句话是“书山有路勤为径，学海无涯苦作舟”，自然是勉励我们努力学习，勤劳刻苦，就一定会掌握知识。还有一位老师，用庄子的话教导我们，说“‘吾生也有涯，而知也无涯’，将有涯的生命投入无涯的知识追求之中，才能获得知识，得到知识的真谛”。老师的话无疑字字珠玑，不过像庄子那样的逍遥仙客，自然不会将有涯的生命投入无涯的知识之中。按照庄子的风格，他说的应是世人是无法看到知识的全貌的，因此，明一二也就知足常乐了。以有涯随无涯，殆已。

再想自然科学的知识。启蒙运动带来了巨大的力量，使人的地位跃然上升，成为万物之灵长。从牛顿开始至其后400年的时间，物理学一个又一个重大的发现，物理大师揭示的一个又一个的法则原理，似乎恰恰证明了人的超然不群。就以牛顿自己的万有引力和力学三大定律而言，其后的热力学定律等，似乎已经解决了大千世界的运行规律，开尔文爵士的物理空域是那么清澈湛蓝，万里晴空只有两片小小的乌云。可是，恰恰是两片小小的乌云，导向了新的天地，原来牛顿力学定律也只是宏观世界这一特定和有限领域的有限法则，到了微观世界便无用武之地了。上帝的骰子围着爱因斯坦乱掷乱投，致使他的月亮也只存在于他睁大眼睛观望的时候。

对于每一个人而言，大千世界的知识是无法全部知道的。即便是牛顿和爱因斯坦这样的科学巨匠，也只能在一个局域之内发现常人无法发现的隐秘，感悟到常人无法感悟的灵光。人在自己有限的认知能力之内，学会一点点的知识，领会一点点的世事，获得一点点的感悟，已是万幸。好像苏步青先生曾经说过，他是一个愚钝之人，只能在数学天地里做一点事情。“其触耳者言象如箕，……其触尾者言象如绳”，世人学问，盖然如是。故而，学问之外有学问，知识之外有知识，而我们都是学林中摸象的盲人，能够摸到一鼻一足，已是幸事了。

王阳明的花　　2021 年 1 月

《传习录》中记录了王阳明南镇观花的事情。一友指岩中花树问曰：“天下无心外之物，如此花树，在深山中自开自落，于我心亦何相关？”先生曰：“你未看此花时，此花与汝心同归于寂。你来看此花时，则此花颜色一时明白起来，便知此花不在你的心外。”阳明南镇观花是对心外无物的一个举例解释，也是阳明心学的第一内容。同时，这也是阳明心学被称为唯心主义的主要例证之一。花本是客观存在，如何因为人的观看而明白起来呢？即便无人观花，依然是花开花落，如此客观的存在，还需要人去观看才能决定吗？

但仔细想来，阳明先生是谈到了两件事情。一是花的存在。王阳明并没有否认花的客观存在，只是花的存在是自在，是没有与观花之人相遇相识的自我。这时的花对于没有看到花的人而言是没有意义的，无论花开花落，都没有包含人或者说看到她的人。阳明先生称之为“寂”，也就是一种未被观察和感知的状态。二是人的观察，也就是“看”。这不仅仅是人的存在，也是人的行动，是人与花的互动。“来看此花”，花的颜色即时便明白起来，是红是白是黄是紫，便通过人的“看”明白起来、确定下来。

人的“看”是什么呢？是简单的唯心意识吗？似乎不尽然。因为“看”本身是一个动词，表示一种行动、一种实践。当然，这是人的实践。没有“看”的实践，花之于人则无意义，人之于花也是浑然不觉。更进一步，这个“看”的行动使得花也活了起来、鲜亮起来，似乎是人的“看”实实在在地是人花互看、人花互言。因此，阳明先生的南镇观花更多地是一种不分主客、无间心物的实践。在“看”的那一刹那，人的心与花同时地灵动起来，人的意义和花的意义都融于了实践，于是，心活了，花也活了。一时间，人的意识和花的意识都灵动起来。

《红楼梦》中写得极好的一首长诗是黛玉的《葬花吟》。小的时候，父亲让背诵，故至今仍然记得一二。一开头就是：“花谢花飞花满天，红消香断有谁怜？游丝软系飘春榭，落絮轻沾扑绣帘。闺中女儿惜春暮，愁绪满怀无释处。手把花锄出绣帘，忍踏落花来复去。”其中哪一句不是人与花同，花与人融。所有花的魂又有哪一丝不是人的魂。所以才有“昨宵庭外悲歌发，知是花魂与鸟魂？花魂鸟魂总难留，鸟自无言花自羞；愿侬此日生双翼，随花飞到天尽头。天尽头，何处有香丘？未若锦囊收艳骨，一抔净土掩风流。质本洁来还洁去，强于污淖陷渠沟”。花的实在与黛玉的魂在依着葬花的事融合在一起，到底花魂是主还是人魂是主，到底残花是客还是红颜是客，实在难以分开，在曹雪芹那里，也是即客即主、无客无主，花魂人魂都在一葬之中了。

从笛卡尔开始，心物二分就成为西方思维的一种典型方式。主体、客体这些二元对立的概念也深植于现代人的思想和思维之中。从中国人的传统哲学思维来看，却是从来不存在这种二元分立的程式的。张岱年先生曾经说过，中国哲学的一大特点是“一人天”。天人即无二，于是亦不被分别我与非我。我与非我原是一体，不必且不应将我与非我分开。于是内外之对立消弭，人与自然融为一体。谢和耐说过，灵魂和身体、感性与理性两者之间的对立是中国人从来不曾想过的事情，对于中华文化是闻所未闻的事情。郝大伟和安乐哲也认为在中国文化传统之中，从来没有二元对立的思维定式。我们每天使用的汉语，也没有什么主格宾格之分，所以中国人学英语，主格、宾格、所有格真真切切地需要死记硬背一番。

所以，无论是王阳明的看花，还是曹雪芹的葬花，似乎都是人花合一的，并且，这种合一总是在人的实践活动中实现的，比如观花与葬花。一观之中，花便明白起来；一葬之下，花便入土为安。即便是薛定谔之猫，在未被人观察之前，也是不死不活的所谓叠加状态，只有被人看了，才或是活的灵动，或是死的沉寂。

国际关系理论一直受到主客二分的哲学思想的影响。虽然像基欧汉这样的国际关系理论学者强调国际关系的科学性，反对将哲学思辨使用到国际关系理论建构中去，但实际上在国际关系理论的发展过程之中，哲学思维没有一刻远离理论而去。即便是到了 20 世纪 90 年代，美国主流建构主义崛起，国际关系理论的哲学论争一直彳亍于物质主义和理念主义的争论之间。新现实主义是比较彻底的物质主义，无论是核弹头还是国民生产总值，都是实实在在的东西。而新自由制度主义则是不很彻底的物质主义，虽然国际制度已属社会事实，但毕竟已经进入了上层建筑的领域。建构主义一出来，便被不少人视为理念主义，因为理念成分占据了整个建构主义理论的一大部分。无论怎样论争与辩解，物质和理念之分一直是主流国际关系理论的重要分野。

直到实践理论的出现，这已是 21 世纪初的事情了。实践理论不否认物质的意义，也不否认理念的意义，两者都有着十分重要的作用，都可以在现实中发挥作用。没有核武器，如何成为世界大国？没有自由市场思想，何来现代资本主义经济？但是，无论是物质还是理念，都无法单独立意，也都只能在实践中产生意义。美国在第一次世界大战之前就已经是世界物质力量第一的大国了，但是，美国的孤立主义实践却使这样的物质力量不具世界性大国的意义。因此，是实践将物质和理念、客观与主观统一起来，使之产生意义、发挥作用。在这个意义上，实践才是第一本体。这样看来，阳明先生的南镇观花和曹雪芹的黛玉葬花就都不是那么“唯心”了，因为那花那人都融合在实践之中了，实践才是根本。学而时习之，不亦乐乎。

当然，实践者依然是人。但是，如果实践者不仅仅是人呢？

似无相关却相关　2022年5月

自从牛顿经典物理学成为学界的主导思想甚至科学文化以来，发现因果关系就成为寻找规律的最重要方法，因果律也成为科学界芸芸众生追逐的伟大发现。因果关系首先需要两个因素之间相关，虽然相关关系不一定是因果关系，但因果关系必然是相关关系。

既然因果关系在科学研究中具有如此重要的地位，那么应该怎样寻找和发现因果关系呢？大部分人是循规蹈矩地寻找和探索，尤其是当出现一种结果的时候，就循着这一结果的轨迹，回溯可能的原因。记得以前看过一本方法论的教材，其中专门讲解了神探福尔摩斯的探案方法。福尔摩斯说，很多人试图从已知的事情推导出未知的结果，我却恰恰反其道而行之，是从已知的结果回推出未知的原因。其实，科学研究中的大部分情景都如福尔摩斯一般，是从已知结果回推出未知的原因。

比如，人们看到树叶绿了，会思考和研究树叶为什么会变绿；看到癌症肆虐，会思考和研究为什么癌症会在人体中发生；看到国家之间爆发战争，会思考和研究为什么会发生战争；看到物种之间会合作，会思考和研究为什么会发生合作行为；等等不一。大部分的时候，原因是非常合乎常理的，比如阳光雨露、基因突变、利益冲突、和合共生等等。原因和结果之间合情合理的相关，如国家之间因为利益冲突而发生战争，是研究的常态，也是人们接受研究结果的重要考量。

但是，也有那么一些研究者，他们却是在超出常理和常识的地方探索、寻找，或是灵感一动，在好像毫不相干的事物之间发现了相关关系，进而还会发现因果关系。在他们的发现被公布之前，人人都难以想到这样的相关关系会存在，但一经公布，则大家往往会眼前一亮，稍加思考便觉得这样的相关关系很有道理，进而一想，则会感慨，这样的创意我怎么没有想到呢?

最典型的一个例子是哥伦布磕蛋。当大家都在小心翼翼地试图把一个鸡蛋竖立在桌子上而未成功的时候，哥伦布却把鸡蛋的一头往桌子上一磕，鸡蛋自然就竖立在桌子上了。这么简单的创意怎么在哥伦布之前就没有人想到呢？发现新大陆也不难，驾驶一条船航海就行了，但为什么哥伦布做之前，想到的人却极少呢？人们只想到圆形鸡蛋和平面桌子的关系，却未曾想到磕破顶端的鸡蛋和平面桌子的关系。圆形是不能在平面竖立的原因，而平面则是能够在另一平面竖立的原因。

更为学术一点的是牛顿的苹果。这可能是真的，也可能是牛顿为自我封神而杜撰的故事。牛顿故居前的那棵苹果树依然闻名于世，但已经不是当年那棵产生神启的苹果树了。据说经济学家凯恩斯后来出重金从牛顿后代手中买到牛顿手稿并仔细研究，发现牛顿是很会为自我封神而自我包装的人。但无论如何，为什么牛顿会将苹果落地与引力联系起来。苹果落地时时发生，但别人怎么不会产生引力联想呢？不仅仅是地球的引力，而且据此推导出万有引力，并用简洁的数学公式表达出来。进而，当人们发现天王星不符合万有引力的时候，最简单的解释就是有些行星的运行属于例外，但另外一些人的联想则是必有其他行星，以其自身引力影响到天王星的运行，从而发现了海王星和冥王星。

经典物理学不乏这样的发现。德国医生迈耶在从荷兰到爪哇的船上看到人血的颜色在热带比在欧洲的时候红了一些，想到这是因为人体在热带维持体温的新陈代谢速率比在冷的地方要低，血液的氧化作用小，颜色也就鲜艳了。这似乎是一个很简单的观察，可能很多人都会看到这种现象，但将体力和体热结合起来的想法却是来自迈耶。我们都知道热力学第一定律是能量守恒和转换定律，而这一定律的起始点则是将血红血白与体力体热联系起来的想法，而又有谁会想到 $\Delta U = Q + A$ 这样优雅的公式是从鲜血的颜色演进而来的呢？

还有那位大名鼎鼎的物理学家霍金，他夜半时分突发奇想，将黑洞与熵联系在一起。而当名不见经传的贝肯斯坦将这两者更加紧密地联系在一起，提出黑洞面积就是黑洞的熵的时候，霍金竟然大发雷霆，指责贝肯斯坦极其荒谬，当然后来他也承认贝肯斯坦是正确的。

不仅仅是似无关系的事物被发现相关，而且原本被认为正相关的事物也会被发现存在负相关关系。在社会科学界有一个很有意思的例子就是蔡美儿，也就是那位被称为“虎妈”的耶鲁大学华裔法学教授。她在《起火的世界》中讨论了民主与市场关系问题。民主与市场在西方研究中往往会被联系在一起，而且这种联系是正向的，是相互促成促进的。著名的李普塞特命题是，当市场经济发展到一定阶段，民主体制就很可能产生。市场和民主的正相关在西方国际关系学中也是一个被普遍接受的观点。冷战之后的一段时间，这一观点更为流行，甚至成为不少人的坚定信念，认为市场经济一定会带来政治民主。

蔡美儿反其道而行之。她在《起火的世界》一书中将政治民主和市场经济反向联系在一起。虽然她认为市场和民主在一般意义上是正相关的，但如果在错时中相遇、在错位中冲撞，就会迸溅出血的暴力。她观察了东南亚、中东、非洲种族冲突的实际情景，提出了一个鲜明的观点：导致这些冲突的根本原因在于美国。以菲律宾、印尼等东南亚国家为例，美国在里根当政的20世纪80年代，在第三世界大力提倡市场经济，结果这些国家的少数华裔商人迅速富裕起来，而占人口大多数的本土族群则相对贫穷；到了克林顿当政的20世纪90年代，美国又大力推行民主体制，这些国家的本土民众获得政治权力，仇视华裔富商甚至施暴的现象屡见不鲜。市场和民主的错位错时结合，导致了种族仇视和认同对立。蔡美儿重新审视原本正相关的两个因素，并以发展中国家的事实证明了两者之间的负相关问题，不能不说是一种很有意思的创新。

似无相关却相关，似正相关却相反，能够发现这样的相关，便是为创新打开了一扇窗户。

在水美术馆　　2024 年 10 月

偶然在网上发现了在水美术馆的消息，说这是一个很特别的美术馆，设计理念与以往的美术馆大相径庭。于是有了兴趣，便进一步查了这个美术馆的资料。网页上说，山东日照五连的在水美术馆是由日本建筑师石上纯也设计的，2023 年建成，成为当地的地标性建筑。

找了一个 10 月上旬天气晴朗的日子，先乘高铁到了日照，第二天打车去在水美术馆所在的白鹭湾小镇。沿着日照最长的道路北京路一直下去，就到了白鹭湾小镇。这个名字听起来很浪漫，也确实是因为这里是一个白鹭聚集的地方，有很多的水、草和树，也有一些起伏的山丘。可能不是旅游旺季，人很少，小镇上安静得很，鸟鸣狗吠的声音此起彼伏，时间流得很慢。坐在小镇上一间咖啡馆外的草地上，喝一杯机器做出来的咖啡，心就随着时间的缓流安静下来，心情也就随着安静而平和起来。

喝完一杯咖啡，又买了一点烤鸡喂了一直在身边张望期待的流浪狗，便起身去在水美术馆了。从稍远的地方望去，就是在水上漂着的一条白色的丝带，延绵一公里长，四周全是水。美术馆的顶是白的水泥，无一丝杂色，素到不能再素，美术馆的底座是水，或者说就是在水中，不像有些建筑在周边做了一圈的水池或水带，而是真正的活水，白鹭湾小镇原本的流水。

走得近一些，便看见了美术馆的墙。绵延一公里的墙都是用亚克力材料做的，清澈透明，将墙里墙外的水连成一片。“亚克力”是个怪怪的音译词，我们还是称其为玻璃墙吧。墙是悬空的，在底部墙里墙外是相通的，水从外面流到里面，又从里面流到外面。一时间屋内屋外，无内无外。无孔不入的水把内外勾连在一起，随势而流的水使一切界限在流水中消失。

走到美术馆的入口，回头看时，已经置身于绿树和草之中。草树连绵，伸向远处的山丘，山丘上面也是草和树，也是早秋那种特有的绿色，大片的绿点缀着淡淡的黄。透明的玻璃似乎什么都没有，清澈的水无拘无束地缓缓流动，将透明、清澈、黄绿完全连成一片，不仅仅是一幅秋天的图景，更闪现出一种生命的灵动。微风吹来，树叶沙沙，青草摇曳，水流潺潺，无意中衬托出美术馆清纯素洁的仪态神情。

走进美术馆，是一条水泥的步道，弯弯曲曲，有的地方宽，有的地方窄，延展近一公里。步道如阡陌，中间高，两边低，低的地方是连通内外的清水，有风的时候，水面就荡起微微的涟漪，波波相连，环环相扣，从玻璃墙的那边延展到墙的这边。水中还有一些小鱼，一会在墙这边游闹，一会又游到墙那边嬉戏。我非鱼，却也似乎感觉到鱼之乐，一种没有边界约束的快乐。

美术馆的出口处也与水浑然一体，从一边看去，似乎是另外一条白色的丝带与美术馆的本体勾肩搭背一般，也像两条手臂将一湾清水环抱胸前。没有看到天圆地方，而是感到一切都是圆的弧线，天地在圆弧之中之外，又在圆弧之上之下。一波一波的涟漪，也画出道道弧线，伸展无限，也渐次平淡。

回望美术馆，有了两个问题：这是个什么建筑？这个建筑有什么用处？试着问周边的一些工作人员。他们说，谁也不知道这是个什么建筑。并且，这个东西里外相通，外边冷里边同样冷，外边热里边同样热。没有暖气冷气，不能住人；没有恒温，不能展出艺术品。就是盖了这么个东西，叫美术馆，没有什么用处。里面的展览，是咖啡的生长和生产过程，如果说有点用处的话，就是在美术馆出口可以品尝不同口味的巧克力。

这个不知道是什么建筑的东西，这个没有任何用处的东西，为什么看了之后会感到这么震撼？为什么会使人有一种被颠覆、被重构的感觉，甚至是无感觉的感觉？

在水美术馆之所以被当作不是美术馆的东西，大约是因为人们脑子里原本就有一个美术馆的东西——一个恒温恒湿的大房子，墙壁将室内室外分为两个世界。房子里面摆放着各种美丽的艺术品，有画、有雕塑、有很多令人目不暇接的展品，出自艺术家之心之手，陈列出来供大家欣赏品鉴。从房子的窗户向外看去，有花、有树，或许还有喷泉。卢浮宫、大都会、普拉多虽然造型各异，但功能相似，都是美术馆的样子。外面很热，里面的冷气更感到凉爽；外面很冷，里面的壁炉或是暖气更显得暖和。晚来天欲雪，能饮一杯无？多么美妙的两重天地。墙上的窗户却是为了使内外更加明显，使内外更有层次，使房子里面的人可以观赏室外的一方美景，用窗户的隔断框起来的美景。无论豪华还是简朴，有了内外之分，才可以称为建筑，否则就被人叫作不是建筑的东西。

建筑的概念使人们成就了什么是建筑的意识，只有与这些概念表述的样子相符合，才能是建筑。无论是哥特式、巴洛克式、洛可可式、国际式，甚至梭罗在瓦尔登湖旁搭建的小木屋，都是用顶分割上下、用墙分割内外的房子。否则最多也只能是好似建筑的东西了。直到某一个震撼人心、颠覆思维的好像建筑的东西出现，人们才像看到哥伦布磕蛋一样，开始反思自己脑子里那个根深蒂固的概念，使得有些人痛心疾首，但也促使一些人去重构概念，并用重构的概念去认知什么是东西、什么不是东西，或者什么既是东西也不是东西。在水美术馆应是至少使一些人意识到它也是建筑，并且是一个美得激起阵阵心跳的建筑。它重新定义了建筑。可见，如果一个东西真的是成功非凡的建筑，那么，它就会使人即便带着深深的疑惑甚至无比的愤怒，也只能称其为建筑，至少也是称为建筑的东西。这大概就是库恩所说的颠覆性范式革命吧。

可在水美术馆有什么用处呢？不能住人、不能展出精美的艺术品，不能……。总之，它是没有任何用处的。不过，它的用处或许恰恰是在无用之中。它不追求任何功利的效用，不追求陈列艺术大师的作品，甚至不追求对周围一切的索取和借用。它本身就是一件绝美的艺术品，就像环抱着它的山丘、绿树、青草，都是大自然的神工鬼斧。它不向周围索取任何东西，只是将自己融入周围的生命。人们前来，所看的就是在水美术馆本身，它自身和周围的一切共同构成的精灵，共同孕育、生成和诠释新的生命。它已经不需要任何大师的艺术杰作陈列在它的心脏、作为它的灵魂，因为它已经有了自己的灵魂。

从在水美术馆的玻璃墙望出去，看到的是流水、草木、山丘，是浑然一体的自由自在。当然，也看到了其他的东西。在原本是一座最高的山丘顶上，一幢符合人们心理标准的建筑正在修建之中，巨大的吊车在空中显现成一个钢铁的剪影。那应该是一个多层的高楼，深灰色的架构已经完成，高高在上，居高临下地督视着在水美术馆的一切，包括不羁的心和透明的灵。

沉　香　　2025 年 1 月

从书上看过一些熏香的描写，尤其是红楼梦中熏香的故事，警幻仙子太虚境内所焚之香名曰“群芳髓”，称合各种宝林株树之油所制。此香仅以名字便是摄人魂魄，自然只配天上有、仙子用，宝玉这等俗人只能羡慕而已。不过，这般“群芳髓”就印在我的脑子里了。

记得小时候，夏日蚊子很多。父亲点蚊香驱蚊子，顺口背了一首唐诗，是司空曙的《题暕上人院》。

闭门不出自焚香，
拥褐看山岁月长。
雨后绿苔生石井，
秋来黄叶遍绳床。
身闲何处无真性，
年老曾言隐故乡。

更说本师同学在，

几时携手见衡阳。

不知父亲为何喜欢这首诗，也许是南人久居北地的感怀。父亲年轻时离开江南老家，到北方谋生，一生思念故地，但始终未能回去。不过，司空曙诗中的香定然不是蚊香。

有一次在杭州出差，细雨霏霏，走到一条小街上，碰巧看到一家香店，便信步走了进去。既然路过香店，又不是匆匆忙忙，闲中闻香也好。可能是雨天的缘故，店中清闲，没有一个顾客。一进香店，便闻到一种悠然的香气，三面靠墙都是中式玻璃柜，里面摆着各种各样的香，有线香、塔香、盘香、香粉等等，还有一些熏香用的器皿，不过最多的还是沉香，分不同产地和不同种类一一摆放。店主人是一名中年女子，清瘦文静，一身黑色杭绸便衣，见我进来，起身迎客，问我要买点什么香。我说我不懂香，只是随便进来看看。她说没关系，随意就好。一边说，一边跟我走近摆放沉香的玻璃柜，很耐心地介绍各种不同的沉香，告诉我什么样的沉香有什么气味，适合什么性情的人。

我问沉香何以成为沉香。她说，沉香是树木受到天灾人祸之后形成的。雷劈、虫蛀、风摧、刀砍，都会使木体受伤，斑斑伤口处细菌繁生。树木是有生命的，生命都有自我修复能力，会分泌出保护液体，经过岁月磨砺，这些分泌出来的液体积淀成为油脂，油木合体，便成为沉香。她还说，树木伤口轻者，很快愈合，不会生出沉香。只有伤口严重感染，愈合时间很长，树木会分泌出大量油脂自我修复，才会结为沉香。有的沉香甚至会在地下淤泥埋藏百年。真的是苦中成香。不过，一经成香，则百虫不侵，坚韧无比。

我无意考证她说得是对是错，看她静寂宁和的神态，心中已是信了。沉香价格很高，我无心购买，但又觉得在店里叨扰了许久，也学到了不少知识，不买一点似乎不合情理。店主似乎看出了我的心思，便说不买也没有关系。我说我不懂熏香，买一点试试而已。她从柜中拿出一个很小的玻璃瓶，里面有些许沉香。她说这是加里曼丹沉香，因为比较碎，所以价格不是很高，但气味不错，入门已经是绰绰有余了。

出差回来，先是买了一个电熏香炉。到了周六下午，沏一壶清绿的铁观音，然后将玻璃瓶中沉香碎屑取一点放在熏香炉的小铁盘中，不一会，就闻到了丝丝香气。香气很淡，一缕飘然，带来一种很舒服的感觉。从此之后，便经常用电炉熏香一二，有时也用线香或盘香代之。有位学生去日本，回来时特意给我带来一盒线香，读书时燃上一支，香气书气便融为一体。

一位大学同窗去国外，回来送我一袋沉香块，淡黑和深黑两色相间，质地润泽。她还送我一盒木炭，说木炭烧出来的才是真香味道。看着乌黑油亮的沉香，我觉得不能再用电熏香炉了，现代的电似乎与自然的香原本就不属于相配相宜的东西。一时兴起，便买来一套熏香的器物，香炉、香铲、香扫、香灰、香盘、香夹等等，一应俱全。

择一佳日，沐手静心，闭门不出自焚香。先将香灰倒入香炉之中，用香扫拂尽炉边散灰，握香铲在炉里香灰中央轻轻挖出一方小坑。然后，取一枚木炭，用加长的火柴烧红，放入香坑之中，细铺浅灰略掩。拿香刀在香案上切下一小块沉香，摆到银质的香盘之中，小心地放在木炭之上，慢慢熏烤。以前用电熏香炉已感香之沁脾，此时则是香之沁心。我用香夹将香盘擎起，贴近鼻端，凝漫在香盘上的香气便飘入肺腑，慢慢地，悠悠地，断而不断，若无还有，瞬间使人飘浮躁动的心，随着丝丝的香气，温顺地沉静下来。深闻之时，心境纯然，充满了香的悠淡，伴我清怀如水，拂去积存的劳苦愁烦，淡然寂和，无色无声。

沉香，雷劈不亡，虫蛀不残；淤泥压身而不腐，苦难啮心而不言；生于伤创，长于病痛；烧之焚之，赐人幽香；香骨成灰，香魂不断。做学问好像也有几分相似，要有深埋淤泥的安稳，要有苦心感悟的坚持，要有磨难成香的气节。感悟之余，偶成小诗，以咏沉香。

一方朽木万斑伤，
暗夜深埋岁月长。
大度浑然容夙敌，
焚身碎骨化幽香。

附 录

秦亚青
——在科学与人文之间探索的行者

秦亚青　陆昕

【编者按】当下,国际关系研究中除了对国家和国际结构、制度的分析外,越发重视对人的个性研究。现在的中国越来越讲求个性了,从政治家的言辞举止到普通人的衣食住行无不如此。那么,我们的国际问题研究人员有没有自己的个性?他们在平日的教学和科研工作中如何追求这种个性?造成不同个性的原因(如成长背景、家庭因素、教育履历、个人爱好等等)有哪些?不同的个性及追求给中国国际关系理论的发展带来什么样的影响?我们应当如何看待不同理论、不同学派、不同个性的存在?人的个性在什么环境和背景下会影响决策或发挥更大作用?为了深入研究这些问题,拓展我国国际问题研究微观领域的探索,《世界经济与政治》编辑部特约记者陆昕对目前活跃在第一线的十位中国国际关系学者进行专访。在这组专访中,读者将见到这十位学者的自我解析、袒露心迹、富有个性的叙说，从中窥视改革开放以来中国学术发展的丰富故事和中国崛起的生动画面。从2005年第6期开始，本刊将在《个性认知与国际关系》栏目中依据采访时间连续刊载这组访谈。敬请读者留意并及时反馈意见与建议。本期访谈对象是外交学院副院长秦亚青教授(下文简称"秦")。

陆：您小学毕业时赶上"文革"，记忆中那是一段怎样的岁月？

秦：现在回忆起来，似乎每一天都记得很清楚，每一天都是非常难过的。我的父亲作为反动学术权威被批斗，因此没有人肯跟我玩。而且，红卫兵随时可能会来抄家，我很长一段时间都是生活在惶惶不安之中。所幸的是因为姐姐的一个同学在图书馆工作，虽然图书馆已经关了，但是她每天都偷偷拿回几本书来，主要是国内外的一些文学名著，当然第二天就得还回去。所以每天晚上我就拼命看，不管能否看懂，完全是一种囫囵吞枣式的阅读。但是，启蒙时期的教育往往对人影响深远。所以后来我一直很喜欢文学。

陆：您这代人真是经历了很多我们无法想象的东西。

秦：印象中，我记事后的第一个经历就是，困难时期没有东西吃，天天饿得难受，父母把他们的手表、大衣全卖掉买了胡萝卜、白薯。另一个就是"文化大革命"，那是一段永不会忘却的记忆，天天怕得难受。

陆:小小年纪就经历这样的磨难,会在您的心灵上留下很深的烙印和抹不去的阴影吧?

秦:那种恐惧之后的无奈是很难形容的。中国人说“哀莫大于心死”,但是害怕的成分挥之不去,希望的成分又几乎没有。正像杰维斯讲的,对人的知觉产生影响的重大历史事件尤其是早期重大历史事件是很重要的。比如说,我就很希望人们不要再斗来斗去,盼望大家的日子能过得好一点、平和一些,同时也觉得我们有责任使类似的历史事件不再重演。

陆:1977年恢复高考,开始您并不想报考,为什么?

秦:说来话长,1976年我曾被推荐到一所大学学习英语,但最终还是因为我的家庭背景被校方拒绝。这件事对我打击非常大,因为当时太想上学了。1977年恢复高考可以报名的时候,我反倒觉得自己没有任何希望,不过是增加另一次折磨。

陆:那您报考时为什么会舍弃喜爱的文学而选择了英语?

秦:考上的把握较大,因为我曾在1975年至1976年专门进修过一年的英语。当时的情况是,不是你去选择机会,而是机会选择你。报考时我的想法很单纯:只要有学上就行。我记得自己曾经写过一首小诗,说上大学是“一个不敢做的梦,一个不能许的愿”。

陆:上大学后您的兴趣还是集中在文学吗?

秦:是的。原来不喜欢英语,后来对英语稍微有点喜欢也是因为可以借此看很多外文原著。我一直喜欢戏剧,也翻译了一些,比如哈罗德·品特的《情人》,发表在《外国文学》杂志上。还翻译了哈罗德·品特的另外几个剧本,但只是兴趣,没有整理发表。后来还曾经把贾平凹、毕淑敏等现代作家的小说翻译成英文,发表在英文版的《中国文学》杂志上。

陆:那您后来为什么没有走上文学之路而改学了国际政治?

秦:纯属巧合,或者说是命运的安排。大学毕业我打算报考文学的研究生,为了到北京游玩才考了北京外国语学院的联合国译训班。考上之后我也没打算上,因为我不想以后做翻译。但是大学的老师说服了我:第一,考研我未必就有十分把握。第二,到北外,可能会让我眼界大开。

陆:这个班还是有些特殊性的,您是从这时候开始对国际政治感兴趣的吧?

秦:有一点。当时学校请外国专家开设了一门 General Knowledge 的课,主要是讲国际政治经济知识。还记得我把一本《英汉国际政治经济词汇》背得很熟。

陆：在我看来，照这样一条路走下去，您会成为一名外交官而不是学者。

秦：这点还算是我自己选择的。毕业后被分到外交部，但我不想做翻译，所以就要求到外交学院教书。我喜欢学校，我总是记得我父亲是多么希望孩子们能接受一个完整的教育。我打定主意要把学上完，就是这样一个信念。我可以不去联合国，但是想上学。

陆：在外交学院的头几年里，您的兴趣好像还是在文学。

秦：当时我不喜欢国际政治，所以大部分兴趣和精力放在了戏剧上。我希望搞文学研究，重点在荒诞派戏剧。但是在外交学院，文学不是主要专业，出国进修都是学国际政治。我放弃了一些机会，想等一个文学或者文化的方向。但是，很多时候你很难预测，多是命运来选择你。

陆：1986年受亚洲基金会资助，您到美国密苏里大学（简称“密大”）读政治学，应该说，这时您才正式进入了国际政治领域。

秦：准确地说，以前我对于国际政治根本不了解，只是在译训班学的那点皮毛的国际知识。在美国的头一个学期，我很没底，老师们看我没有这方面背景，对我也不太放心。但结果是，一年下来运气不错,我的考试成绩是全系最好的,全是A,A-都没有。

陆:您当时是已经喜欢国际政治,还是纯粹地因为学习而学习?

秦:坦白地说,我就像当年学英语一样,既然学就学好,但确实没有很大的兴趣。密大政治学系主任认为我可塑性很强,希望我读博士。但是,外交学院这边到期了我必须得回来,他就答应给我保留三年奖学金。回来后我也没再搞多少国际政治,还是教英语。学的那些东西大多放下了,只零散读一点书而已。

陆:1990年,也就是三年之限的最后一年,您回到密大,当时对自己是如何设计的呢?

秦:人到三十七岁了才开始读博士,真是觉得应该要好好学点东西了。所以从这时起,我认认真真地、一本一本地念书。谈到设计的话,当时在美国留学的中国学生很多是研究中国的事情,但我决定学点在国内没学过的东西——定量的研究方法,做美国问题研究。有没有功利主义思想?当然也有,因为我想要回国来,在国内做定量会有些比较优势吧,还可以把一些新的东西介绍过来。为此,我先要补修两门不算学分的高等数学,然后到统计系去选修统计学的课程。这段时间非常苦,几乎天天泡在计算机房。我妻子和孩子去美国时我都忘了接她们。在美国,硕士研究生阶段是通才教育,例如密大,政治学系有七个专业方向,要读满五个。博士要专,选三个实质性领域外加方法论。我选的三个领域分别是国际政治、比较政治学、美国政治。方法论的课程对任何学生来说都是最多的。我深感方法论的训练很有用处,这恰恰是国内的薄弱之处。它不仅是一种具体方法的训练,还是一种思维、逻辑上的训练。我学统计学花了很多时间,但是没有白费。

陆:现在想来,在美国这些年,对您学术上影响最大的是什么?

秦:第一,要勤于思考,要有创新意识,要做富有挑战性的研究设计。在美国读博士,有两个要求非常严格:一是大量阅读,经典著作和最新文献必须熟读;二是大量写作,并且写东西一定要有新意。其实这也就是孔夫子所讲的学与思的关系。对我影响最深刻的是要培养一种开放性的阅读和思维方式,不能因为自己喜欢一种理论或方法而认为其他理论、方法都是错误的,并因之拒而不看。一定要有一个开放的思想体系,任何封闭的理论或体系都只能走向衰退。第二,研究要讲究方法。美国的方法论训练比较严格。理论方面的欠缺可以自己通过阅读补上,惟独方法论必须要按部就班地学习。我的博士论文所采用的方法就是统计学的模型,所以选的方法论课程比第一领域还要多。按照学校的要求,如果你的方法论是用统计学做,那么必须由统计学系的教授做方法论的把关者,出了错误他要负责。因此，密大统计学系主任作为我的论文的方法论导师，他和他的一个博士生帮了我很大的忙。我一生在两个地方受到严格训练：一个是在北外译训班；另一个就是在美国。如果说我的博士论文有一点可取之处，那就是逻辑思维比较清晰，方法论也比较严格：列出了每一个假设、公式以及推理的过程，也列出原始数据，便于大家发现错误、提出质疑。

陆：杰维斯的《国际政治中的知觉与错误知觉》是不是对您影响比较大的一本书？

秦：是的，在美国时我曾经想过研究国际政治心理学，但是最后放弃，用了结构现实主义。一个原因是结构现实主义那种科学简约很吸引人，可以据此提出严格的、可证伪的假设，运用统计学的很多东西，到现在我仍然认为结构现实主义是一个重大的学理发展。另一个原因就是觉得自己的心理学知识不够，找了一些心理学的书，越看越觉得不懂，后来就放弃了。《国际政治中的知觉与错误知觉》这本书是杰维斯在20世纪70年代写的，中国到现在也几乎没有人做这方面的研究。但是，我相信将来有一天会有人去做。况且，从这个角度出发，比较容易进入复杂系统效应研究议程，这是一个前沿领域，综合多种学科，跨越文理界限，天地十分广阔。

陆：跟您有差不多经历的人大多信奉现实主义，而您在美国读博士时也曾是一位结构现实主义者，您思考过这其中的原因吗？

秦:我同意这种说法。在我看来大约有这样两种因素:第一,中国近代一百多年的历史使得中国人想强盛、崛起,中国人内心深处有一种屈辱情结和弱国无外交的意识。因此,中国学生到了美国,强调权力政治的现实主义似乎是一个非常天然的朋友。第二,看到美国的国际政治学的新现实主义理论,觉得美国的社会科学走的这条路和中国是那么不一样,那么地简约,似乎一下子发现了科学美。从方法上就会很喜欢,很受吸引。

陆:但是,他们中的很多人一直如此,可为什么您会有后来的这些转变? 是环境,还是您自己性格中的某些东西在起作用?

秦:可能两者都有。我是一个奇怪的结合体,我不是一个绝对的科学主义者,虽然我很喜欢数学推理,还在中学教过三年数学,但是我也很喜欢人文。我喜欢人文是根深蒂固在血液里的。我父母都是学西医的,但是他们一直很喜欢中国的东西,从小父亲就逼着我们写毛笔字、读古诗词。直到现在,我仍然羡慕中国古代文人的那种生活,他们修身为本,内敛为性,强傲骨而去傲气。在我看来,他们生活中的许多态度和情趣是西方人没有的。比如,江南一带文人做的园林,它的内里表现出一种很强的人文理念和文化情趣,但外表则仅是白墙青瓦而已。还有一点就是从小文学书看得比较多,陷得很深。当时我最喜欢雨果,因为我觉得雨果的人文思想很重,他对人性、人类命运、弱势群体太关心了。现在想来是正巧那段时间我姐姐她们"偷"出很多这类书来,我也就趁势囫囵看过,可能在当时那样一个思想形成的阶段,这些东西真的是会产生一种一生都难以磨灭的影响。因此,随着年龄的增长,越来越感到自己性格中的很多东西本能地抵抗结构现实主义的物质主义和历史宿命观。这也是我后来为什么会转向建构主义的一个因素。对我来说,从童年到中学的经历都使得我有一种信念,就是很不希望人与人之间是一种霍布斯文化的状态。在我看来,很多问题的产生都是源于观念,因此人是可以改变很多东西的。观念变了,事情也就变了。

陆:回国后联系中国的现实才让您更切实地感受到了这一点?

秦:对。其实在美国的时候,我就看过建构主义的文章。但当时建构主义初显端倪,读建构主义的书只是为了考试,很快就扔到一边去了。因为自己没有钻进去,也没有想钻进去。回国后,反思中国改革开放的实践,我才又再想起这些理论。我一直在思索,中国为什么在1979年发生这么大的变化?较之1966年和1976年,当时中国的物质条件并没有发生本质性的改变。1979年到底什么变了?是我们的观念变了,是决定历史命运的关键人物的观念变了。这就让我感觉到观念是很重要的。这正是邓小平的伟大之处。还有,中国为什么出现"文化大革命"?这显然与我们的观念是有关系的。另外,个人经历使得我非常反对单一的理论话语霸权。1994年从美国回来，我看到几乎所有的书——不管是翻译的还是我国学者写的——持现实主义观点的比重极大。从中国近代史的视野反观，这一点更为彰显。这让我感到担心，如果年轻一代国际关系学人成长在这样一种学术氛围里，他们就会觉得这就是国际关系理论的全部。这显然对中国国际关系学的发展没有好处。

陆：因此您试图在科学与人文之间找到一个结合点？

秦：我是想走一条中间道路。思维上，我喜欢思到极端，再退居中位。学问之中，我觉得中间地带具有最大的开放空间，最具包容性。我现在越来越感觉到，社会科学没有科学的意识不行，但没有人文的理想同样是不行的。中国现在需要提倡科学，特别是社会科学界，因为我们过去不强调这一块，研究方法也不去学习，结果被人家说成是“有一定深度的新闻报道”。直到现在，我们以严谨的社会科学方法做出的优秀论文仍然为数甚少。这是一个薄弱环节，要大力加强。但是，科学主义本身显然有它的局限，因为它做到最后可能就把一切做死了。我自认为自己的那本书（《霸权体系与国际冲突》）在方法方面还是比较规范的。但是，我不是一个科学主义者，因为我觉得人不是物质。所以，我更希望有一些人性的东西在里面。一方面，我希望大家有一种缜密的逻辑思维方式、合理的推理过程、清晰的思维路线。同时，我又觉得在这种东西背后，一定要有一种很强的人文支撑，以人为目的。

陆：是否可以这样说，不管是理论，还是方法论，您都是主张多元，反对一统？

秦：是的。如果理论不是多元，只会出现话语霸权，学术就可能成为霸权的奴隶；如果方法出现单一，学术就可能成为方法的奴隶。无论是哪一种情况，学术应有的竞争和繁荣都会消失。作为杂志，必须遵循百花齐放、百家争鸣的原则，不是只发表同一种声音，只采用同一种方法的文章。杂志就要有这种胸怀。作为观点，可以有自己相信的、爱好的、坚持的东西，但是不能因此就将非我所爱视为一无是处。现在很多人谈学术的民主，我的理解是：学术民主最基本的精神大概是宽容。宽容，不是赞成或允许你喜欢的东西，而是要包容你不喜欢的、反对的东西。只有宽容，学术才能兴盛。这是我最基本的一个观点。我自己是一个科学实在论者，但是我反对惟科学主义。我觉得科学和人文是可以融合的，因为科学和人文都是为了实现马克思所说的人的最终解放，而不是为了建构人的奴役之路。这就是我为什么既翻译温特的《国际政治的社会理论》，也翻译卡尔的《二十年危机》和杰维斯的《国际政治中的知觉与错误知觉》。三人行，必有我师。

陆：也可以说您非常有社会责任感。

秦：我认为一切学术背后都有理想支撑，这种理想应该是与人类进步有关的,而不是说认为历史就是一种机械重复。我觉得通过人的力量是可以让历史向一种比较好的方向发展的,中国改革开放的实践也说明了这一点。在理论层面上,这和建构主义相吻合的程度大一些。但是,正如我从来没有认为现实主义或自由主义是一种完美的理论一样,我也从不认为建构主义是一种完美的理论。再说,建构主义也绝对不仅仅等于温特建构主义,其中流派甚多。

陆:您认为自己这种理论上的价值取向对您究竟产生了多大的影响?

秦:有影响,但我不知道究竟有多大。对于建构主义,我赞成它的三个东西:人类社会的进步、观念的作用、主体间意义。主体间意义在于平等互动,包括人和自然之间、人和人之间、两性之间、国和国之间,这样就与把对方看成客体、看成手段是截然不同的了。另外,在本体论上,它与新儒家的哲学思想有相似相通的地方。所以我希望国内研究国际关系的人知道这个理论。

陆:您曾经讲过不认为自己是一个建构主义者,那么,您对自己如何定位?

秦:没有严格的定位。我这个人从本性上是喜欢中庸之道的,不喜欢到某一个极端去。这个中庸不是一种调和,而是指一种包容,是吸收两个极端以及极端之间的东西。我现在之所以没有定位，是因为我没有自己的思想体系，这也许是现在中国国际关系学界的一个问题。原因是现在还没有真正闯出一条属于中国的理论道路，大多数学者都还处于摸索阶段。有人说我是建构主义者，其实我自己从来不这么认为。我喜欢建构主义的一些东西，可能温特的中间道路和我的中庸思想有点相通的地方。但是同时我也喜欢孔子的、冯友兰的、华尔兹的、基欧汉的。

陆：您被认为是国内建构主义的主要代表人物，您如何看待建构主义在中国比较易于被接受这一现象？

秦：这大概是因为我翻译了温特的书，在译者序中也比较系统地介绍了温特的建构主义。其实在我之前就有人介绍过建构主义，比如刘永涛博士。但温特建构主义越来越表现出自身的局限性。我认为建构主义在中国的发展有几个原因：第一，冷战的结束确实使人们反思现实主义的一些重要命题。第二，学术的本质是百家争鸣，一家之言显然不能满足学界的需求。第三，人们从心底里坚信也渴望人的能动作用。第四，中国改革以来的实践活动也揭示了一些与建构主义观点相似的东西。从中国学者写的建构主义论文来看，还是表现了中国的一些特点。

陆：您非常关心中国国际关系的学科建设，始终把它摆在一个很重要的位置。

秦：一个人或几个人做出几篇文章是小事情，中国的国际关系学科建设是大事情。只有将学科踏踏实实地建立起来,学术薪火才能传承下去。有一位朋友曾问我:你们国际关系学界现在做的东西,五十年后、一百年后能给中国的学术留下什么?我很惭愧,因为我无言以对。这是大事情,是大问题。如果现在重视学科建设,给大家既提供基础的东西,也提供很多可以选择的东西,开辟出思想的富裕空间,中国的年轻一代一定会出现国际关系的大师。

陆:正像您讲的,首先要有明确的意识,才有可能做成,才有希望。从某种意义上说,您身上还是很有一些理想主义色彩的。

秦:可以这样讲。我曾经借用了威廉姆斯的题目《光荣与梦想》做过一次演讲,我真是梦想在国际关系领域出一个真正了不起的中国学派,出几个了不起的世界级学者。我知道自己成不了,但是相信我们的国际关系学界会出这样的人才,希望将来在年轻学者身上能够实现。

陆:能有这样的想法非常难得,因为作为一个学者,会因此而舍弃很多。

秦:回国后,我确实做了一年多的思想斗争,最后决定要为中国国际关系的学科建设做一点铺垫工作。人必须要有舍有取。我当时也对自己做了估计,如果朝着一个很窄的方向去做,经过若干年的奋斗,可能会在知名杂志上发一篇文章。这个对中国国际关系学科的发展可能没有多大影响。所以后来还是下定决心，把中国不知道的一些方法和理论介绍过来，因此我将自己的研究领域定位在方法和理论，主要集中在这两个方面。

陆：从1994年回国到今年已经整整十年，您如何评价自己的这十年？

秦：铺路而已。这十年我觉得只做了一件事情，就是把现在国际关系领域的一些比较前沿的理论和比较规范的研究方法，再加上一点自己的评论和看法，通过教书和写文章告诉大家。因为我们只有知道有什么，才能知道需要干什么。坐井观天、夜郎自大，是没有办法发展中国的国际关系学的。

陆：就中国国际关系界未来的发展，您现在思考最多的是什么？有没有对未来十年有所设计？

秦：中国国际关系界到了应该开始考虑创建自己学派的时候了，这也是我自己今后努力的一个方向。我自己可能做不出来，但至少希望提出一些问题来。我相信在微观层次上有不同的学理思维路径。换句话说，在社会科学领域，不同的文化地域能够做出不同的理论来。虽然美国在战后国际关系领域占了主导，但英国学派、哥本哈根学派、依附理论都不是美国人做出来的，这些理论也都得到了国际学术界的认可。根据不同的社会结构和进程、不同的文化结构和进程，在微观层次上采取不同路径，但同时在宏观层次上又具有普适性。我现在就是在考虑这样一个问题。我们这一代人聊天的时候,深感耽误了很多年,有一些不可弥补的缺陷。如果说将来中国能够出一个非常重大的学派,出国际级的大师的话,很可能是在年轻学者和学子之中。正因为如此,更需要有人铺垫。未来十年,如果有精力,我希望做第二种铺垫,就是看能不能蹚出一条路来,至少找出一个模模糊糊的方向,提出可能有意义的学理问题。

陆:您将本土性与普适性的结合看做中国能否创建中国学派的关键。

秦:对。有一种观点是,要么就普适性,要么就本土性,但我认为不应将两者对立起来。在这个微观层面上,我们的思维、我们的考虑、我们的经历是独特的,最后得出的理论可能就不一样。但如果要上升到理论的抽象层面,它就不能只适合于一个狭小的地域文化。一般性理论才能创造可传承的知识。陈序经认为中国文化落后,所以出不了系统的科学理论;冯友兰认为,中国的文化不需要科学。我认为,中国的文化可以出现系统的科学理论,中国的文化发展到今天也需要理论。如何贯穿东西、形成新说,这是需要付出巨大努力的。依附理论和英国学派就是例子。这也许需要经过一群人乃至几代人的共同努力。英国学派现在到了第四代了,但是他们从方法论、研究理论的提出,基本概念、基本问题的提出到现在,仍在不断发掘新的东西,不断地从一个有意义的核心概念发展推演,如今确实很成气候,已经反过来影响美国学界。当然,当时这些人都有很强的意识要把自己的理论做出来。它需要一批人的努力和学术杂志的支撑。过去说中国人是一盘散沙,这得从两面看,一盘散沙有它不好的一面,但是,一盘散沙也恰恰说明它的包容性特别强。幅员辽阔、人口众多的民族哪有不散的,只有小的民族才具有极高的同质性。所以,中国人一定能做出好的理论来,现在的问题是这种意识还比较弱。

陆:对此,您认为应该集中在哪些方面努力?您认为中国学派的思想源泉是什么?

秦:我想到的思想源泉有这样几个:第一,中国的经典学术思想。中国搞国际关系的人很少在这方面做过系统细致的梳理,有的学者涉足过,但整体来说还是欠缺很多。西方的国际关系理论是从西方的大思想家的著作中得到灵感,从而建立起自己的思想体系。中国的哲学思想博大精深,但挖掘不足。当然,要考虑到它的通适性,换句话说,有些概念要有一定的通适性。第二,中国民族主义和革命思想。从1840年到现在,百年屈辱的情结一直存在。中国知识分子都有很强的社会责任感,认为在国家和民族面临危机的情况下个人是微不足道的。李泽厚所讨论的"救亡与启蒙的双重变奏"说的就是这种情况。这种思想延续了一百多年,能对现在的中国没有影响吗?孙中山以后的共和意识、十月革命和马克思主义,这都是值得我们去整理的。所以,从1840年到现在,整个中国的革命意识是很重要的一个思想传统。第三,改革开放的理念。中国的改革开放是一场深刻的社会变革,这些年中国的发展是有目共睹的。有位美国学者问我,中国外交的调整和变化表现了更加务实、更加开放、更加合作、更加负责的风格,这到底是战术层面的行为变化,还是思想层面的理念重建?我说两者是不可分开的,互相影响、互相调节。观念层面和行为层面不可能完全分离。所以,改革开放的思想到底对中国国际关系思想、对世界秩序、对基本的一些概念产生了什么影响,这也是不能忽视的。第四,西方国际关系理论思想。这些年来,我国国际关系学界翻译了不少西方重要的理论著作,也开设了这方面的诸多课程。实际上,"五四"以来的"科玄之争",都有一个如何对待西方学术思想的问题。这几个思想传统再加上中国现在的这些意义深远的实践活动,如果能够形成一个理论-现实-理论的三项互动过程,就可能出现中国的国际关系理论学派。当然,这是一项浩大的工程。一个人能够做其中一个方面的一点就很不容易。所以我想应该捋一捋这些思想根源,从而把核心的理论问题提出来。

陆:您如何看待自己的性格、经历对您学术研究的影响?

秦:就我自己讲,影响是挺大的。实际上很重要的一点还是你信什么。理论上讲,任何一种理论都是广义的理想主义。现实主义的理想是权力,自由主义的理想是合作,建构主义的理想是世界范围内的康德社会,马克思主义的理想是国家消失,阶级消失,人类得到彻底解放。"文革"的经历对我影响很大，我认为人与人之间是可以和谐相处的，也是应该和谐相处的。许多不和谐是人为的，而不是不可改变的自然规律。这也是为什么后来我比较喜欢建构主义。既然可以，人们为什么不向交朋友方向发展呢？难，但毕竟是可能的，关键是做不做这个努力。我坚持的原则是，不要太自私，对所有人都要尊重、要宽容。从人的角度来讲，大家都是一样的。作为一个国家也是如此，这些关系是你可以运作的，不是铁律放在那里，或是你服从它，或是它压死你。

陆：您认为社会结构、环境是否会对学术产生重要影响？

秦：是。有三个方面的因素是十分重要的：第一，自从我国改革开放以来，社会结构发生了很大的变化，社会开放程度也大大提高，更富有动力，也更富有包容性。这对于学术是有深刻意义的，对于学术的发展和繁荣也是不可或缺的。第二，中国和世界都在变化之中，中国的变化尤为明显。这样宏大的实践活动能够创造宏大的思想。第三，我国高等教育的迅速发展也推动了国际关系的发展。当年美国学者霍夫曼谈到美国国际关系学发展时说过，美国的高等教育成为大众教育，政治学系大量出现，国际关系也就随之发展起来。这与今天中国的情况有些相似。我们的高等教育已经从精英教育转向大众教育，过去十年里，国际政治专业数量激增，学国际政治的学生也很多。这就为国际关系学的发展提供了一个好的环境。

陆:学者的知识结构往往在很大程度上限制他的学术研究,对于您或者您这一代学者而言,优势与劣势各是什么?

秦:我不知道别人。就我自己而言,说到优势,一个是从小就喜欢文学,人文思想比较重。二是特别喜欢数学,如果当时没有这个训练,后来读博士时学习统计学还是挺残酷的。数学的逻辑推理可能会让我的作品看起来至少是清楚的。三是比较能够吃苦,有时可以通宵达旦地恶补。但更多的是一些缺失,没有正规的、系统的中学教育,从小学跳到大学,很多知识或是零零散散收集的,或是恶补得来的。这是致命的缺失,几乎是无法弥补的。所以,我觉得能够给中国国际关系学的发展起到一个铺垫作用,就非常满意了。

陆:相对丰富的经历也会让你们这一代人更具有责任感和忧国忧民的意识。

秦:但是也有一些很危险的东西,比如封闭意识。这是我们要时刻提醒自己的,尤其是在如何对待年轻人的问题上。一些真正活跃的思想还是产生在年轻人身上。随着年龄的增长,这些思想会慢慢成熟起来。我为什么认为现在的年轻一代会出现重量级的学者,就是因为他们的知识结构和训练程度比我们当时好多了。我们缺的那些知识很难补上。当然可以说我们有别的经历,但是这跟学业还不是一回事。有“文化大革命”经历的这一代人,就像你说的,很多都是现实主义者,也有一个因素,可能是悲观成分太高、实用主义成分太强。悲观成分超过了一定的限度,他觉得世界就这个样,只有实用主义是最合理的。

陆:国际关系学是一门政策取向很强的学科,您怎样看待和处理学术与政治的关系?

秦:这是两个层面,既相互联系,又各有目的。政策的目的是解决时下的问题。决策者时时都要面对这些问题,需要立即采取措施。如果遇到危机,更是刻不容缓。学术的目的是知识积累、生产和再生产,需要形成理论,建立体系。所以,学术研究难以产生立竿见影的效果。过去,学者追求板凳要坐十年冷,说的就是这个道理。政策需要的是今天、明天、今年、明年的有效措施,学问追求的是五十年、一百年乃至一千年的思想传承。但从另一面看,学术思想和现实政策也有着千丝万缕的联系,也是相互影响的。从较长时段来看,学术思想会成为文化的重要部分,潜移默化地影响着一代代的社会人,表现出来的则是相同和不同的行为。从较短的时段来看,学者(包括国际关系学的学者)也应该是有理想、有责任的社会人。比如我们研究历史,有一个目的就是使历史上的人类悲剧不要重演。有位老人提出要从新的视角研究冷战的起源,目的是避免第二次冷战。对于学问,这是睿智的设计;对于社会和民众,这是负责的济世之心。国际关系研究从学科开创至今,一直有一个核心问题:怎样避免战争,怎样促进合作。卡尔当年提出现实主义的时候,他的理想是避免第一次世界大战的重演,所以才将他的书献给即将到来的和平的缔造者，希望他们细查前车之鉴，不要在第二次世界大战之后再蹈覆辙。所以，国际关系理论的背后隐含着对现实政策的建议。偏好不同理论的人，也会偏好不同的政策主张。所以说，国际政治是强政策取向的学科，这一点我是同意的。

【采访者后记】初见秦亚青，"儒雅"二字便涌上心头。字正腔圆的发音、缓缓道来的语调，品茶、诵诗，完全是中国古代文人的品位与情趣。热爱文学，痴迷戏剧，擅长数学与逻辑推理，加上留学海外的经历，又绝对是一个典型的现代知识分子形象。平和之中见严谨，宽容之中见固执。他的气质真正是融合了科学与人文这两个水火般鲜明的特质。"将思维推向极端，然后再返至中庸"，我理解却不能完全体会。在我看来，这或许就像是阴阳八卦图中昭示的，相斥却又是那么地相融。他追求一条中庸的道路，学术与做人都是如此。他探索自己的内心世界，知道性格中的矛盾对他的学术究竟意味着什么。他对自己没有明确的定位，因为正像他说的，他还在探寻的过程中。科学与人文的平衡与互融，谈何容易。我欣赏他对自己的深刻认知和准确定位，他明了自己的有限性，也明了学科的无限性。在我看来，对于中国的国际政治研究，他就是一位在科学与人文之间寻找中间道路的行者，而且是先行者。

原载《世界经济与政治》2005 年第 6 期

愿为中国学派和大师的诞生奠基

——记外交学院副院长秦亚青

王　凡

“中国的国际关系理论学派,是一项浩大的工程,一个人能在其中一个方面有一点建树就很不容易了。我在努力试着蹚出一条路来,找出一个哪怕是模糊的方向,提出可能在学理层面有意义的问题。”

言语间,秦亚青抿一口茶,说一段故事,带出几许感悟,不经意地透出中国文人特有的那种藏在淡定从容中的机敏和睿智,和他交谈是一种享受。他告诉我这同他自幼的家教和学习经历有关。父母虽然以西医立命,但是很注重对孩子文化素养的培育,严格要求孩子研习诗词书画。他至今还能记得父亲以自绘的诗书意境水墨画给他们揭示的中国文化之美,那些画虽说不上功力造诣,却意蕴幽远。

对文化学者之梦的执着憧憬

1953 年出生的秦亚青,在刚刚对读书萌发兴趣的时候赶上了"文革"。幸而姐姐有位同学在图书馆工作,他得以每日从图书馆偷带一两本书回家"解馋"。这种以西方文学名著为多的囫囵吞枣式博览,是那个特定时期许多少年走过的启蒙路径。

他渐渐喜欢上雨果的作品,《悲惨世界》中的冉·阿让、《笑面人》中的格温普兰、《九三年》中的戈万,雨果对作品中人物灵魂刻画的深深笔触,让青涩年纪的秦亚青看到人性的美与丑,对人文、人性和弱势群体关怀之心的高尚,以致潜移默化地影响到他日后治学方向的选择。

中学毕业后,秦亚青当了六年老师,教中学数学、物理。后来学校开设英语课,校长对毫无英语根基的秦亚青劝说道:"我总不能让老教师现学现教吧,你最年轻,还是你来吧。"想不到他为应付教学的英语恶补,在嗣后高考机遇降临之际显出了优势。

1978年高考的恢复,让许多人看到了改变命运的良机,而秦亚青的报考冲动却源自他对父亲多年眼神流露含义的解读。敬仰高等教育的父亲,始终无法隐匿对儿女未能读大学的沮丧。因此一定要读大学,渐渐成为秦亚青有些"畸形"的向往,所以他选择了略占优势的英语,考进了山东师范学院外语系。

用秦亚青的话说,畸形的渴望往往催生超乎寻常的生命力和耐久力,因此他本科四年的学习成绩始终稳居最前列。然而,外语学习始终没能让他兴奋起来,高强度、反复、枯燥的读写训练,反而让他对自己将来的走向有些迷惘。

大四时闻知北外联合国译员培训班招生,秦亚青脑际闪过借此一游北京的念头。不想因玩而投考的他竟是接到录取通知的惟一山东考生。揣着录取通知,他反而犹豫起来,甚至想放弃译训班转考英美文学的研究生。“北外是全国最好的外语高校,仅为开眼界就值得去。”是老师的点化才让他走出游移。

译训班的训练主要是量的超限积累,当时有句流行口号是“场上一分钟,场下十年功”。但秦亚青在此感受甚深的是北外一流老师的授业,他们不是在“教”,更多的是以身藏的知识、文化、学养、气质来“化”。在“化”的温润下,秦亚青渐渐体会到学识的增益不是最难,难的是参悟潜质的开掘,创造卓越不一定凭知识的广博渊深,而在于借助这种广博渊深悟到别人思考触角的盲点,于是有了气势、妙思、精神、情韵……

他说在北外听到一则故事,一家酒店开张,老板为招揽外国食客,请几位老教授翻译饭店的广告性对联“菜香引来回头客,酒好招得美食人”。但当天大家围坐在饭桌旁绞尽脑汁,所得译文总觉差那么一点意思。翌日,一教授灵机乍现,以“I come; I eat; and I am conquered”交卷,只是对恺撒名言“Veni, Vidi, Vici”(我来,我见,我征服)的英译做了极小的变动,意趣境界骤然跃升,令人拍案称绝。

好的翻译是悟出来的,不是译出来的,秦亚青终于窥到翻译的真谛。但当然他的兴趣还是更偏向于文学。1986年,他和妻子翻译了当时还名气不大的英国作家哈罗德·品特的独幕剧《情人》,剧中主人公白天衣冠楚楚活跃于上流社会,到了夜晚却是另一副样子,人还是那个人,但身份、思维和想法却呈现出巨大转换。此时吸引他的,还是文学作品中对人的两面性的深邃揭示,不同文化碰撞所带来的冲击。秦亚青把当时能找到的品特作品都翻译了。在不同的文化中徜徉,从中发现思维方式、角度变换的妙趣和非凡意义。后来,他还与妻子一起翻译了许多英美文学作品,也将当代中国作家贾平凹、毕淑敏等人的小说译成英文。

从译训班毕业后的秦亚青没有到外交部或者去联合国,而是选择了到外交学院执教。他喜欢教书搞学术,只要身在学府,有朝一日就可以通过继续深造,圆他内心憧憬的文学或文化学者之梦。身在外交学院,并没能拉近他内心同国际政治的距离。

但也许是命中注定,偶然和外在的因素总成为秦亚青人生选择的主导。他虽几度推让,却依然没能等到文学或者文化研究方向的深造机会。最后,他接受了亚洲基金会的资助,到美国密苏里大学读政治学,不太情愿地将一只脚踏进了国际政治领域。

思想肌肉的训练

在进入密苏里大学政治系之前,秦亚青译训班读的国际政治课程从专业角度看非常浅显,因此他对自己能深入到什么程度心里没底。但一种全新的学习环境和不同于中国学府习惯的美国教育方式,使他很快建立起自信。

没有专业背景的秦亚青，在美国老师那儿常常得到鼓励："你可能想到有专业功底的学生想不到的地方，所有话题都可能含有进一步开掘的意义。"创新被作为教育的重中之重，并被体现在每个教学环节之中。在密大课堂上，每一个人都得到尊重，每一种见解都不会被忽视，每一缕新思绪都会得到赞许，而不必担忧被指斥为愚妄、缺乏功底或门外汉。这一点对秦亚青的影响很深，使他在后来的执教生涯中，对青年后进始终抱一种宽厚、扶持的态度，即便观点稍显幼稚也不轻率否定；而在学术探讨上，则力持多元，反对单一的理论话语霸权。

密大的课堂几乎就是讨论的会场，教授引导，和学生一起讨论，大家争得面红耳赤，互不相让，也顾不得什么师道尊严。强调思考，倡导交锋，不期盼惟一的结论，是美国大学教育的一个特色。

这种教育看重的是把学生培养成一个有思考习惯的人，一个有不断创新潜力的人。在搭建好知识结构、奠基了深厚功底之后，就看你能不能提供非因袭性的东西，有没有经过你独立思考孕育的新思维胚芽。要在这样的教育生态下取得好成绩远非易事，要阅读和熟悉大量的经典书籍、最新文献，要消化和比较各种流派的方法和要旨。"几乎是每天一睁眼就开始看书了"，但这种学习并非一味地汲取，而是要经常地设问和反诘。

一天，秦亚青到体育馆看健美比赛。当运动员摆出各种姿势，展现他们那一身强健而漂亮的肌肉时，秦亚青的意识流却在信马由缰：身体的肌肉只有通过经常性的刺激和训练，才能塑造完美体型;思想的肌肉必也须通过经常性的刺激和训练,才会敏捷而睿智。

他至今难忘美国老师曾向他推荐一本名为《奇思怪想》(*Weird Thinking*)的书,其中讲述了许多重大发明源自突发奇想的故事,老师的用心是让学生意识到想象力和思考对推进历史的巨大作用。

一年下来,秦亚青的学习成绩居然全是A,连A-都没有。密大政治学系主任通过对这个中国学生的观察,认为他可塑性很强,希望他留在密大接着读博。但由于外交学院当时急缺教师,秦亚青决定回国,他不愿辜负外交学院的培养和期待。离开美国前,秦亚青的导师Wallace教授和妻子来到他的住所话别。他们告诉秦亚青,密大已经决定为他保留三年奖学金,这是密大奖学金保留期的最高上限,密大愿意等待他。

在三年之限的最后一年,秦亚青回到密大攻读博士。三十七岁的他终于接受了命运的选择,开始对自己未来的国际关系教研人生进行设计。他决意在读博期间主修国内没学过的东西,以定量研究方法研究美国问题,而密大在政治学领域最重视的就是定量研究。为此,除了国际政治、比较政治学、美国政治三门主课外,他还要补修统计学和两门不算学分的高等数学。这样的学习非常苦,常常在计算机房一泡就是一天。

1992年6月,他妻子到洛杉矶接孩子,约好飞回哥伦比亚市时他去机场接。但那天他在计算机室做一个模型作业,一上机便下不来了,直做到天黑才回家。推门一看,母女俩已经坐在家里，他这才想起自己竟把当日最重要的"家庭作业"给忘得一干二净。

统计学结业考试，秦亚青得了九十六分。一个学国际政治的拿如此高分，连统计学专业的学生都觉得不可思议。

在读博期间，秦亚青发现美国的社会科学研究走的路和中国是那么不一样，漂亮简约的统计学模型一下子让他感受到科学之美，方法论的学习也那样新鲜而引人入胜，像权力转移理论的定量分析和变量选择、预测决策结果的预期效应数理模型等等。

他的文学情结终于融入国际关系科学的研究，科学和人文有着内在的契合，因为科学和人文都是为了实现马克思所说的人的最终解放。国际关系学就是建立在通过人的力量可以让历史向一种比较好的方向发展的信念之上，该学科开创至今，一个核心问题就是怎样避免战争，怎样促进合作。没有人文理想支撑，大概很难走到这门学术的最前沿。

为他人作嫁衣裳

拿到博士学位回到祖国后，秦亚青面临两种选择：是运用西方理论做课题研究，还是着眼更长远的中国国际关系理论构建的目标。前者或许能更快更直接地走到研究前列。20世纪90年代的中国处于改革转型时期，全世界都把这个最大的社会主义国家视作一块检验各种西方已经成熟的国际关系理论绝好的试验田，秦亚青的老师和同学一再向他发出一起做学术研究的邀请。

但是作为一个中国学者，长期在以西方理论为模板的世界学术领域听不到中国的声音，秦亚青感到一种难忍的窘迫。当时中国国际关系研究的成果被外媒讥讽为“有一定深度的新闻报道”，这与有着数千年文明积淀的泱泱大国应有的地位是极不相称的。为在国际关系理论之林建树中国学派、催生中国的大师级人物而努力，应该是自己义不容辞的首选。

就在这时，他参加了国内某高校一个博士的论文答辩，论文是探讨国际关系理论中的伦理问题，其结论是国际关系领域不讲伦理，只有权力和利益。听到这样的结论，秦亚青很吃惊，这与自己硕士、博士历程的感知全然不相符啊。答辩时他一问，才发现当时国内所能接触到的国际关系理论，几乎只有现实主义这一个流派，那篇论文所依凭的，正是这个流派最推崇的权力利益驱动说。而在国际上，国际关系理论已经是多种流派五彩纷呈、各领风骚了。

把一个流派当作全部，年轻一代国际关系学人倘若终日浸淫在这样的学术氛围里，中国国际关系学怎能发展呢？理想的学术氛围应当有如一个琳琅满目的超市，让学人徜徉在丰富的理论资源背景中筛选和搭配。必须知道有什么，才知道需要干什么，坐井观天的人找不到创新的方向……

秦亚青决定通过自己的努力，把国际上已经成形的理论和方法论介绍到中国，未来的中国学派和大师级人物要在厘清世界国关理论和方法论完整谱系的基础上成长。不想做翻译的他，又拿起了翻译的笔，因为中国学派的形成、大师级人物的孕育，总要有人做铺路石，总要有人舍弃个人功利而甘为他人作嫁衣裳。“我觉得能够给中国国际关系学的发展起到一个铺垫作用，就非常满意了。”秦亚青几次这样说。

秦亚青接连发表了一系列论文，对现实主义、新现实主义、新自由主义、建构主义等大的流派进行分析比较，揭示出世界国际关系理论的全局以及各流派要义之间的差异和相互关系。与此同时，他担任了上海人民出版社、世界知识出版社、北京大学出版社、浙江人民出版社等多家出版机构国际关系理论系列丛书的编委，在负责选题、组织翻译的同时，还亲自翻译了《国际政治的社会理论》《二十年危机》《国际政治中的知觉与错误知觉》《世界政治理论的探索与争鸣》《地区构成的世界》等国际关系理论名著。

翻译《国际政治的社会理论》一书的过程是秦亚青最难忘的，这是将建构主义国际关系理论系统介绍到国内的重要尝试。初读英文清样稿，书中大量对哲学、社会学成果的借鉴，让他看了几遍仍如坠云里雾里。后来他索性放下原著，买了一堆哲学、社会学的书，在看了半年后才又回过头来翻译，前后耗去一年多时间，再度感受了功夫在诗外。后来，一位美国教授对他说：“温特的书真正一字不漏读过两遍以上的人只有两个，一是温特，一是你。”而他为这本书中译本写的序言也成为一篇产生了重大影响的论文。

在秦亚青的办公室里，摆着一尊严复的泥塑，他说他非常崇敬严复。我们想,他这种崇敬不单在于严复倡导的"信、达、雅"翻译境界至今为人称道,还在于严复通过翻译架设起中西方沟通的桥梁。正如梁启超在《清代学术概论》中所说:"西洋留学生与本国思想界发生影响者,复其首也。"

学术原本是属于闲暇中的审美

与某些社会科学学科不同,国际关系学是一门政策取向非常强的学科。完全与现实政治脱节,两耳不闻窗外事,板凳要坐十年冷,不能及时而立体地看清事态,也很难有卓尔不凡的建树。但心绪浮躁、急功近利,将不但遗失学术精神,还会误导现实政治,造成难以挽回的负面影响。

在秦亚青看来,学术与政治是两个层面的问题,既相互联系,又各有目的。政策的目的是解决时下的问题。决策者时时都要面对这些问题,需要立即采取措施。如果遇到危机,更是刻不容缓。学术的目的是知识积累、生产和再生产,需要形成理论,建立体系。所以,学术研究难以产生立竿见影的效果。政策需要的是今天、明天、今年、明年的有效措施,学问追求的是五十年、一百年乃至一千年的思想传承。然而学术思想和现实政策也有着千丝万缕的联系,是会交互影响的。从较长的时段看,学术思想会成为文化的重要部分,潜移默化地影响着一代代的社会人,表现出来的则是相同和不同的行为。从较短的时段来看,学者(包括国际关系学的学者)也应该是有理想、有责任的社会人。比如我们研究历史,有一个目的就是使历史上的人类悲剧不要重演。有位老人提出要从新的视角研究冷战的起源，目的是避免第二次冷战。对于学问，这是睿智的设计；对于社会和民众，这是负责的济世之心。

正因为国际关系理论的背后隐含着对现实政策的建议，偏好不同理论的人，也会偏好不同的政策主张，因此身为学者的秦亚青有时会被请去为现实对外政策的拟定、外交口径的表述建言献策。2004年4月，他还走进中南海，为中共中央政治局委员们讲述《世界格局和我国的安全环境》。

也是在21世纪最初的几年，时为外交学院院长的吴建民以东亚十三国思想库中期协调员的身份负责东亚合作问题的研究和协调，作为副院长的秦亚青承担了东亚研究中心执行副主任的角色。在东亚诸国的往返奔波、频繁接触、不断对话中，他常常生出“西方的理论在研究东亚问题时有许多用不上”的感慨。

虽说国际关系理论尚存需要填充的空白、有待丰富的亏欠，并且急切而现实地摆在面前，但秦亚青深知，学术原本是属于闲暇中的审美，是学者长期无功利地争辩、观察、阅读、思考的自然结晶，是功底和灵气的巧妙结合，是悟性在知识中徜徉的果实，是必然中的偶然或者偶然中的必然。所以，重大的理论总是某人的思想，而不是上级的命令和集体攻关能够完成的，更不能在限定的时间之内赶出来。

秦亚青出访法国，专门抽空到巴黎圣日耳曼大街上的双偶咖啡馆消磨时间。双偶与几乎比肩而立的花神咖啡馆齐名，都是当年名人出没的地方，据说萨特和波伏娃每天必到。他找了一个角落，要了一杯啤酒，慢慢地品，似乎是要在名人神魂灵气的缭绕下找一点萨特的感受。喝了半天，他品出了一个“闲”字。喝咖啡、喝啤酒、喝白水，都不重要，重要的是悠然洋溢的闲适和慵懒，也许恰恰就是这份闲适与慵懒激活了萨特的思想。看着街上熙熙攘攘的人群，听着对面圣日耳曼教堂的钟声，看和听都是漫不经心的，都是视而或见或不见的。没有灵魂的压抑，闲适的大脑便腾出了无限空间，慵懒的身体也就只剩下慵懒，每一口咖啡、每一点酒精都会刺激到一个神经，闲的大脑便开始胡思乱想，想文学、想艺术、想人生、想存在、想虚无、想奇奇怪怪的东西。偶然之间，也就闪出了灵感，明白了道理，参透了学问。这也就是为什么法国出了这么多新的思想，成为后现代的源泉和前卫艺术的圣地。除了萨特，还有无数闲人，比如加缪、福柯、德里达、布尔迪厄等等，真是闲出了学问……曾经喜欢文学的秦亚青眼前一下子浮现出穿着睡衣的巴尔扎克，他是真正的慵懒，浑身上下已经是散得不能再散了，面孔上的神情已经是闲得不能再闲了，于是便闲出了高老头、贝姨，还有他眼中那个无奇不有的大千世界……

他突然发现，中国人的学问似乎总是在忙中做出来的。孔夫子的教导是入世，是学以致用。后来学问更和功名连在一起，于是便忙着学习、忙着考试、忙着再学习、再考试。功利、权力、成败都成了动力和负担。一天一地一圣人，学问是天地之间人世的圣人教诲，学问是为人处世的根本。中国的所谓学人都不闲。而国外因为有人闲时天马行空胡思乱想，结果一不留神做出了学问，如牛顿三大定律、相对论、量子力学、资本论、制度经济学、存在主义、后现代主义、后殖民主义……在双偶咖啡馆的慢斟闲酌，果然别有一番滋味。

中国国际关系理论建设的开篇

虽然翻译和介绍国际关系学领域各个流派、执教解惑和参与建言献策占去秦亚青大量的时间，但他一刻也不曾松懈地朝着构建中国国际关系学理论的高远目标努力。

中国面临着很多过去西方没有面临过的重大国际问题，中国的崛起也是世界从未面对的现实，这正是创建中国学派前所未有的机遇。一方面，宏大的实践活动能够创造宏大的思想。另一方面，一切研究始于问题。例如战后国际关系理论发展的重心在美国，就因为研究一直与美国的问题密切相关。霸权稳定理论、权力过渡理论、长周期理论、国际机制理论、新自由制度主义等，无一不是围绕国际体系的领导地位这一焦点问题展开。

在微观层次上由于学理思维路径的不同，聚沙成塔形成不同的学派。美国在战后国际关系领域占了主导，但英国学派、哥本哈根学派、依附理论都不是美国人做出来的，这些理论也都得到了国际学术界的认可。根据不同的社会结构和进程、不同的文化结构和进程，在微观层次上采取不同路径，再升华到理论的抽象层面，使之具有宏观层次上的普适性。秦亚青在国际学术交往中发现,世界上很多学者也期待中国学者拿出基于中国文化积淀和独特个体发展实践之上的理论成果。

然而,罗马不是一天建成的,中国学派的诞生,究竟还缺些什么呢?秦亚青和同事们把中国近三十年一千多篇有关国际关系的理论研究论文做了一番梳理检讨,为中国至今没有深入到学理层面的国关理论“号脉”,他相继在国内外发表了《理论的核心问题和中国学派的生成》《为什么没有中国的国际关系理论》《中国学派形成的可能与必然》。中国传统思想中没有国际的意识,过去都是讲“天下”,国际概念是从西方搬进来的,这是一。儒家思想熏陶的结果,总要学以致用、立竿见影,太现实而少抽象,这是二。没有学理层面的理论意识,缺乏一个能够无穷演绎、衍生扩展的核心概念,这是三。秦亚青用通俗而简洁的语言,向我们道出他号脉的结论。

找到症结,也就找到了构建的出发点。但构建并非闭门造车,还需在与国际学术界的顶尖人物的交锋中淬炼。2003年,秦亚青与世界著名国际关系专家、美国芝加哥大学教授米尔斯海默以及伦敦经济学院教授布赞分别进行了面对面的对话,中国学者在国际关系科学高端平台发出了自己的声音,吸引了世界媒体的目光。

米尔斯海默的理论属于强硬的进攻性现实主义。他在对话中提出,中国发展的迅速程度和经济总量的庞大,必然导致和主导国家美国的全面对抗和暴力冲突。而秦亚青则从中国改革开放二十多年来对和平发展的追求历程、中国在当前国际关系中所扮演的角色、中国经济发展的目标等方面，论证冲突不是必然的，中国不会偏离和平发展的道路。

与布赞的对话恰恰围绕为什么没有非西方国际关系理论的问题。秦亚青认为中国正处在一个重大发展变革时期，没有建构起国际关系学流派是因为：中国相关研究起步较晚；西方的理论在整个国关研究领域占据话语权主导地位；中国还没来得及将本国的发展经验升华到学理层次。但未来，中国一定会产生被国际社会认可的国际关系学流派。

在国际关系领域，美国约二十年出一个学派。而新中国设立国际关系学科走过了四十个年头，接触、分析和批判国际关系学理性理论也已二十年，因此中国学派的诞生不能总是任重道远的企望。

秦亚青在临近学成归来十五年的一段时间里，陆续发表了一些论文，其中《关系本位与过程建构》借鉴主流建构主义，将“关系和过程”这两个中国社会文化中的重要理念植入国际关系理论，提出过程建构主义的理论模式。他认为西方个体本位的社会核心理念是理性，而中国社会文化的根本理念是关系。他通过对这个中国元素进行概念化处理，在形而上的层面勾勒出一种国际关系理论的轮廓。这篇论文在2009年国际关系年会上宣读后，反响很大。有学者称该文可被视为中国国际关系理论建设的开篇之作，有想法、有概念，期盼早日丰富成体系。

2010年，他与英国学派代表人物布赞再次论争，就“国际社会”这个基本概念，汲取传统文化的营养，提出了中国学者的视角，英文论文《作为过程的国际社会：制度、身份与中国的和平崛起》即将发表。“中国的国际关系理论学派，是一项浩大的工程，一个人能在其中一个方面有一点建树就很不容易了。我在努力试着蹚出一条路来，找出一个哪怕是模糊的方向，提出可能在学理层面有意义的问题。我们中国学者这样努力，并不是要争夺在国际关系领域的话语霸权，而是要丰富国际关系学知识，在学理上把中国人的创造作为整个人类知识的一部分让全世界分享。”

走出外交学院的大门，秦亚青的话依然萦绕在我的耳际，一个充满进取激情而又缜密清醒的中国国际关系学者的神态，已深深拷贝在我的脑海里。

原载《人物》2010年第5期，文化版

Qin Yaqing on Rules vs. Relations, Drinking Coffee and Tea, and a Chinese Approach to Global Governance

B. Creutzfeldt

Since the end of the Cold War, IR has been preoccupied with the rise of China, yet most analyses of, and theorizing around, China is the product of western scholars; more generally, IR theory is profoundly biased towards western interests, institutions, and ideas. There are however other conceptions of international relations. Much discussed for instance is the so-called "ASEAN way", the success of which seems to hinge more on relations than on rules. In this talk, the eminent Chinese IR scholar Qin Yaqing not only expands on the oriental or Chinese approach to IR, but also engages the western bias in IR and, in extension of Chinese values, and argues that any approach to theorizing global governance needs to be first and foremost balanced.

What is, according to you, the biggest challenge or principal debate in current IR? What is your position or answer to this challenge or in this debate?

I think in present IR in terms of debate the most important

thing for me is whether we should continue this domination by the western discourse in IR in particular and in the social sciences more generally. The debate worldwide, it seems to me, is moving toward more pluralistic and plural interaction, so that when people talk about theory or theories, culture or cultures, civilization or civilizations, they tend to use more and different approaches, so that we can see that we have so many theories, cultures, civilizations, ideas in the whole edifice of human knowledge, rather than only one. I myself am always against the idea of any debate arriving at the truth; instead it must be plural and pluralistic. In this kind of situation I think Chinese ideas, Chinese cultures, and Chinese narratives can make contributions to the knowledge edifice of IR and the social sciences. So I think this is an important debate to which the Chinese ideas and narratives can contribute. That does not mean that they will replace others, they simply add something new, something non-western, so that we can enrich the whole knowledge of IR and the social sciences.

Inside China, this debate is also going on as to whether knowledge is universal, whether social theories are universal, or whether they are not that universal and to some degree they are all particular. My argument is that social theories must sustain some level of universality but their origin is local, that is to say, they start from practices of a particular community over a long course of history and are accumulated by actors, agents living this social and cultural setting. This is basically my concept of the social sciences, IR, and knowledge in general. Once we have all these things put together, of course we need some kind of integration, but overall it's based on the practices of various communities in the world, rather than on only one community.

If you look at the current theoretical debates, you can see some people thinking about IR in a pluralistic way—including some scholars from Europe, the United States and from other countries—many people think this is the right direction, but in practice—in empirical research—the domination by the western discourse is still very, very strong. Yet as different communities, different narratives can contribute to IR theory, different practices and different narratives can also offer an alternative way of understanding empirical reality. It is true that human beings are in many ways similar, but from different cultures we do have some distinct ways of thinking.

Let me give an example: In my IR work, I put an emphasis on the importance of relationality, and I believe that what the western dominant theories and paradigms—especially the three paradigms of realism, liberalism, and constructivism—miss is that when they discuss IR, they don't discuss relations: they miss a most important part of it. Mainstream constructivism is a little better, but in its essence it is still very close to rationalism, rationalism in disguise. Rationality is an important concept, and it has encouraged so many research achievements that have developed over three or four hundred years, beginning from Europe; a very systematic framework, with concepts, with definitions, and so on. But this approach doesn't apply equally everywhere. I believe one can divide societies into two main different types: there are more individual societies and more relational societies. So while rationality is a very interesting and important concept for all societies, it is particularly so for western society, which is more individualistically oriented. As for oriental societies, like Confucian societies, it is more about relations, so I would like to use the concept of relationality at an ontological level. We can see governance more in relational terms, rather than in purely rule terms, as I argue in the article "Rule, Rules and Relations."

In it, I put forward the idea that rules are very important for governance, rules including international institutions, international regimes and so on, but if you go to other areas, you'll find examples which cannot be explained by a rationalistic approach. Let me give an example. Over the last few decades, huge transnational firms rose first in Japan, then in Korea and China. This practical development forced Asian scholars to focus their attention on relational governance. Unfortunately, this realization has so far been limited to the business management field. In IR, if you discuss individualistic rules and so on, your stress is on the interests, how people can trade off their interests, and how peoples can nurture their interests. But if you go to relational societies, you can observe relational governance; the unit of analysis is no longer individual actors, but relations among them; and the key force is the coordination and the harmonization of relations. So this is the key difference between our different practices. This is an example only.

In my article, I want to show that maybe a more practical way to talk about global governance is the synthetic model of both rules and relations. We must use rules, but at the same time, in any culture and in any society, relations are pivotal, too. The difference is that in oriental societies maybe this is more conspicuous, or more accepted. China has practiced what I term "partnership diplomacy," which can be traced back to an underlying cultural emphasis on relations. My argument is not to use relational governance to replace rule-based governance, not to displace all the concepts of the already existing IR theory. All these theories provide insights, very interesting and useful insights, but I don't think that's enough: there should be pluralism and diversity—that's the key point of my argument.

How did you arrive at where you currently are in IR?

I completed my education in Political Science in the United States, so when I went to the United States, basically I knew nothing about IR. When I was in China, my major was English, and I was trained by the United Nations as a simultaneous interpreter—a very different career. Then I went to the United States. I soon found that I like interpretation and translation as a hobby, but I did not want to take it as a career, because I think that it challenges your practical skills, but it doesn't challenge your thinking. So when I went to the States I decided to study something more theoretically challenging, and I began to study IR. I immediately became a follower of Waltz (*Theory Talk* #40). My PhD dissertation (and first book) is a quantitative study, using a regressional model combined with hegemonic stability theory, and the whole dissertation relies very much on structural realism, the relative power of different countries and how this works into hegemonic (in) stability. It's highly positivist, highly quantitative, and highly Waltzian. But before I left the United States, in 1994, I began to read more works in different fields, in IR, in sociology, and also in philosophy. When I came back to China, in the first few years what I did was mainly to introduce western IR theory to China. That's where translation came back in: I translated many mainstream western IR theory works and wrote Chinese introductions.

During this time, I began to participate in East Asian regional integration. Not as a scholar, but as a Track II practitioner, so I attended negotiations and talks within the ASEAN Plus Three (ASEAN + China, Japan, and South Korea) framework. In 2004 I began to be a key figure in NEAT, the Network of East Asian Think Tanks (http://www.neat.org.cn/english/index.php). During this whole process, I realized I found something important when I recognized that the questions raised within the major western IR paradigms are so limited; they are not the questions I found to matter in the practice of East Asian regional integration. So my first paper, in fact, which indicated a turning point for my thinking, was about East Asian regional integration. That was in English, and included in a book edited by Robert Ross and Zhu Feng, where I speak about process-oriented regional integration. I asked a question: why has East Asia experienced more than 30 years' peace and economic development? Western IR would have difficulties explaining this. I argued that it is the regional processes that produce dynamics socializing powers and spreading norms. And Wang Zhengyi took that into his textbook as part of Chinese scholars' thinking about International Political Economy. I think we need to emphasize first that this dynamic is process-oriented; secondly, that it is led by small countries, they set the norms and institutions, and third, that it's informal: you don't have treaties, you have only declarations; you don't vote, you have talks and talks.

This process would either escape or seem flawed to western theoreticians: they use very strong rule-based, rule-oriented governance models, they think East Asian regional institutionalism isn't integration. Take for instance Robert Keohane (*Theory Talk* # 9). In a discussion with him, I said: "Professor Keohane, I think what we see in East Asia is soft institutionalism, it's informal." It's a very different picture from the institutionalized integration process in Europe, as imagined by Keohane and other people, yet it is a converging or integrating dynamic. So from here, I wondered why it is that East Asian nations have taken a different way. The ASEAN States wanted to set up a kind of binding document, which they called a Code of Conduct on the South China Sea, but after repeated discussion, they added something to it: "Declaration on the Code," to reduce its binding force, to increase its flexibility, and many western scholars then think this type of regional process is not in fact regional integration.

But I then raise the central question: if you say it's not regional integration, if you say it's not regional cooperation, then how can you explain that given the fact that East Asia is so diversified—it's even more diversified than Europe, especially if you think about the political systems—then why since 1967, when ASEAN first started, there were no wars between its member states? Then came ASEAN +3: despite many disputes, they stuck to this framework, managing to avoid war with each other. Even during the period of very tense China-Japanese relations, economic relations continued to do fine. So this I think is very different.

My trajectory was then strongly influenced by reading, firstly, Chinese philosophy and the Chinese ideas about society, and secondly, western philosophy. The Chinese way stresses informal relations, processes, non-binding consensus: non-binding consensus is part and form of the Chinese concept of tendency, *shi*(势). So for example all these leaders, they have meetings, they don't reach binding documents, but they show some consensus, then they create this *shi*. They believe that within this *shi*, it is easier to achieve their goal, without the legal precision. In my thinking, I also draw a lot on western theories but including Chinese and oriental considerations. I try to find key dynamics underpinning the Chinese way, integrating oriental ideas and concepts, reinterpreting them in the light of established IR theories and problems. The reinterpretation is based upon a Chinese understanding, a Chinese way of thinking, or a Chinese worldview.

What would a student need to become a specialist in IR?

When we designed a new campus, the chief architect asked us to provide him with some ideas about how to design it. I provided a version, which represents my understanding of education. As we also invited international biddings, we needed an English version, and I gave them three G's.

The first G is Global Vision: the Chinese that grow up in IR must have a global vision, rather than a mindset limited only to Chinese affairs.

The second G is Great Learning, from the classical Chinese text, the *Da Xue*(大学), or Great Learning. The *Da Xue* is one of the Six Books of the Confucian tradition. Great Learning means three things, I told the architect: first, the learning should be significant—it must not be small, mean, and narrowly defined learning; second, according to Confucius, it must be "real-world-relevant" learning, that is, your learning should be to some extent useful for the world; third, learning needs to be inclusive, not exclusive, learning should be a blending of different ideas, different thoughts, like in the Confucian era, you had one hundred contending schools of thought. That is the second G.

The last G stands for "Grand Harmony," which is taken from the major hall of the Forbidden City, which I changed a little bit: it's called the "Great Hall of Harmony" which I changed into Grand Harmony, so as to avoid repeating the word "Great." It's a Chinese concept which has been passed on for generations. I understand Harmony *he* (和), in IR as the ideal harmony of interstate relations. Western scholars find it very hard to understand this Harmony, so they say it's an empty word, only an empty slogan. I think for some leaders it's really empty or utopian, but for Chinese it's not, because we have all these steps to realize harmony in traditional Chinese society, for example the so-called *junzi*(君子), the scholar-gentleman, the profound person, as Professor Tu Weiming put it, and his moral metaphysics. So when I teach my students, in fact I teach a lot of western theories—but at the same time I encourage students to study Chinese narratives, see what inspiration they can get from it.

These three G's are not only academic abstractions but also embedded in practice: for instance, why do the Chinese like to go for mediation, rather than legal procedures? An example from Taiwan: I had a classmate when I was doing my Ph. D. in the United States, he had a car accident which was not his fault at all, and he was required to go to court, but he refused to go. He explained that local court proceedings are usually put on television, and he thought that if other Taiwanese students saw it, they would go back to Taiwan and tell other people, friends and family, they would think he really did something wrong. Chinese usually go to a mediator, through the Local Neighborhood Committee or their friends, working it out as friends and neighbors, so as not to go to court. That is still a very common practice in China.

In one of your recent articles, "International Society as a Process," you discuss theoretical challenges that need addressing in order to move beyond the "East vs. West" dualism in IR debates. Economic, military and political practice, however, moves ahead at an unrelenting pace according to that same opposition. Do you fear that the pressures of politics may overtake the theoretical discussions, especially within the Chinese scholarly community, and give an advantage to extreme views?

That could be a possibility in the short term, but in the long term I am quite optimistic. Chinese society is very interesting, because since the beginning of the 20th century, the Chinese society has experienced huge and chaotic changes, so now all kinds of ideas prevail. When Yan Fu translated Thomas Huxley's work, a group of Chinese intellectuals and also many leaders believed that

China was so weak because China didn't follow the Law of the Jungle. That was very attractive during that period of time—they analyzed their own context on the basis of Huxley as follows: that is why all those people, all those reformists failed, why the revolutionaries succeeded—this Law of the Jungle was highly acceptable when the country was in a chaotic situation, was invaded and was so weak among the strong—or certainly felt it was so weak.

The western culture definitely came into China and became quite influential since the May Fourth Movement. I think our historical experience of an accumulation of revolutions constitutes an important source of China's modern thinking. Nowadays you see a mixture of both western and Chinese thinking inside China, and this is in an interesting phenomenon: Chinese society is getting more and more pluralistic, and people are thinking a lot in terms of interests—yet unfortunately, Chinese society is changing so rapidly, that sometimes these interests are not confined and constrained by morality. You have a very strong thirst to satisfy interests, yet at the same time you don't have a strong moral confinement. China itself is not prepared for such a rapid change, so what is happening could even be dangerous. But at the same time, if the Chinese could manage both domestic and international—but especially domestic relations—they might go through this time of change and reach a more stable period of political and social progress. So I think this is both an interesting and a critical period for China.

In Chinese history, if something lasts for forty or fifty years, that's not really very special, as Chinese history is so long. In the long run, there are three things that could lead to the reestablishment of Chinese morality. If these three materialize, we could see a very interesting China. The first theme consists of the positive influences of global humanity, including democracy, common values, and so on. The second theme consists of the positive elements proper to Chinese traditional values, the essence of which I reinterpret in this article: of course the well-known and sometimes problematic Chinese hierarchy is one thing, but another aspect is moral implication—trustfulness, sincerity—good things of Chinese tradition, that's why this culture still exists after so many centuries. Now third and finally, also very important, is how contemporary Chinese should practice these abstract and ancient principles, global values and traditional Chinese values, how they can put them together. If they fail to combine the two, there can be a lot of problems, but if they can blend them in a good fashion, in a benign way, that could mean a very different future China.

The success of this development surely depends in part on the degree to which such a process, such ideas can be spread and are accepted from outside: China can change as much as it likes—after all, countries around the world are constantly changing—but if a certain rhetoric develops in the west, there is little chance for China to say "stop that and watch our approach."

China cannot stop that, but there are possibilities of intervention and adjustment. Only the other day, I gave a lecture at Renmin University of China, and one question was whether China should overthrow the International System, or reform it. I told them I am a reformist; definitely you cannot overthrow the current system, for there is a lot of good in it. The precondition for us is that in changing the international system, we need to avoid more disorder. But you need to add and drop some things, because the international system needs reform. Within that framework, you can do a lot, like the legitimate interests and demands of the emerging powers—a central challenge for international and global governance. So basically you don't say "stop that" but you want to blend in good things you have in your practices, in your culture, in your narratives and traditions, into the existing international system.

But in changing global governance, there cannot be excessive use of rules, as the west has it. Starting from the principle that we should all depend completely on rules, for instance, wouldn't work as Chinese society lacks rules. That is not to say it lacks laws: there are so many laws, but many of the laws are useless, because people simply bypass laws. Much rather, they use all kinds of relations to bypass laws, and sometimes people even think this is reasonable. So how to strengthen the enforcement of rules is a big question.

Western societies depend heavily on rules, but there, too, rules aren't everything, that's why for instance we talk about "corporate cultures." Why do corporations and businesses develop a specific culture? For although they have many rules, the rules cannot ensure every aspect of their activities. I support the argument that although we have anarchy we do not necessarily have chaos. Let me use Rosenau's book *Governance without Government*: we don't have overall government, but we do have rules, we do have governance. Keohane put it this way: even if we don't have a hegemonic power, we still have international institutions, governance, rules and so on. I think that's an interesting part of western theory. Also, Helen Milner wrote, "there is no basic qualitative difference between domestic and international society in terms of anarchy." It's only a difference of degrees, not a difference of essence. So if you depend solely on rules, you preclude so many interesting and important ways of doing.

On the other hand, if you depend too much on relations, you'll have social injustice. So the argument is that you need to combine the two, rules and relations. In fact, in every country, every actor involved in governance, always practices both paths. Business-people argue, because they use a lot of economics—transactional cost theory in economics—they say that when you work on a small scale then you depend more on relations. They have done so much fieldwork in Southeast and East Asia, and have found this. But they also argue that once you move on and the business field gets larger and larger, then you must turn to rules, because relations are too costly. Relations when you are small are comparatively less costly. But I don't agree with the idea of one replacing the other: there must be a point where the two balance each other, because you can never eliminate rules, and you can never eliminate relations, because we are human. For example, this year the United States is coming to attend the East Asia Summit in November 2011 in Bali: the norms here were set by ASEAN, and when ASEAN set the norms they included a lot of Confucian elements. So when the U.S. comes, it must understand that in regional governance here, you have some different practices of governance, which sometimes you have to abide by. You cannot say, "OK, let's use my way of governance to replace your way of governance." That would not be practical. So in East Asia, my theory predicts that there will be more and more combinations of western and eastern approaches to governance. That could be a testing ground for a synthetic model of governance. The U.S. will come, Russia will come, and perhaps more countries will come, so this will be a fascinating area: how they will come together in terms of governance in East Asia and the Pacific?

Chinese IR scholars, including yourself, regularly quote politicians, especially Deng Xiaoping. Is this to some degree out of deference to your country's leaders, or because perhaps they themselves are theoreticians, not just decision-makers?

What is most important for me is that they are the decision-makers. When leaders make decisions, consciously or (most of the time) unconsciously, they reflect some of the Chinese culture because they live this culture. That's for me the most important thing. But usually, for my English articles, I don't quote them a lot. For example, Deng Xiaoping, the leader of the Communist Party until 1992, got a lot of ideas for his reforms from the west, but also from Lee Kuan Yew, Prime Minister of Singapore between 1959 and 1990. Lee Kuan Yew is a very interesting person for having tried to practice some western ideas, while at the same time holding some East Asian values. He always tried to combine the two, but in his heart he perhaps thinks Chinese philosophy is most useful, once he even said something to the effect that if in Singapore 90% of the population were Chinese, it would be a much better society. (Currently, approximately 70% of the population of Singapore is of Chinese ethnicity.) Currently Singapore's policy is to increase China's influence, not to reduce the proportion of the Chinese in Singaporean society. So these decision-makers reflect some ideas, just like common Chinese people in their everyday behavior. The same is true for me: in my behavior I have a lot of Chinese elements, even though I studied a lot western theories. For example, I like to drink tea, and I enjoy the whole tea ceremony. I like Chinese calligraphy, and I can recite many, many passages of Chinese literature. That is however not to say I dislike coffee, nor the occasional glass of whisky or cognac.

Once I made the opening speech for the Chinese Association of IR and I had been asked to tell them what my approach to IR was, and I said that while much of my reasoning was from the western theories, the aesthetic spirit is Chinese. I wrote a book together with my wife, a History of American Literature, from the beginnings up to the 20th century. But I also like Chinese literature, and in Chinese literature you can also see very, very beautiful things, so that's what in my theoretical work I call *shenmei*

(审美), aesthetics or "spiritual beauty." That part I think I try to get more from the Chinese tradition and narratives. That's basically what I do. Whether I can be successful or not, that's a different question, but that's what I'm doing. The good thing for me is that I don't have many utilitarian goals; I don't have to get a career promotion, nothing of that sort. What I want to write, I write.

You tend to be inclined toward the English school of IR. which focuses more on international society than on interstate relations. Is this as much to do with its approach-international society and institutions-as with its national identity?

First let me give you this background: Barry Buzan (*Theory Talk* #35) and I, we have known each other for many years, and I think I know his ideas fairly well. We have debated and discussed in Jilin, in Britain, in Beijing, and in many other places, and we are good friends. And I admire him very much. But I think that Barry Buzan, deeply in his heart, is very Eurocentric. It doesn't matter what he says. After I wrote my article "International Society as a Process," he wrote me a long comment, and he said that he tried to be a good man, but ended up being a villain. That was a joke, but anyhow.

In the United States, a very close friend of mine is Peter Katzenstein (*Theory Talk* #15), and between these two excellent scholars, I think that my idea is closer to Peter Katzenstein's—more plural, more pluralistic. I talk with Peter often, and I think of one thing above all: his understanding of the inter- and intra-civilizational conflict, his idea that any society could go to the extreme, which may go back to his German background. So that tells me, and I'm not quite sure maybe also tells him, that if you always believe in just the One Authority, the One Fuhrer, the One

Truth, that would create disaster. Intellectually, it's the same. So you need to open your eyes to different things and different practices, recognize these things as they are, rather than use dark glasses, or to see the world through your own lens.

Finally, to take a broader view, can one speak of something like a Chinese school of IR, or at least an emerging Chinese school of IR, and how should it be characterized?

Then we come to this question of a Chinese school. I think western IR theories are already established and influential—even taken for granted! —and Chinese IR theories are almost nothing. So we should change this kind of marginalization. Let the good values of the Chinese culture and tradition become part of IR ideational edifice. If you want to do something like that, change the intellectual status quo, you have to sometimes go to some extreme, so as to at least open up a way for it. Otherwise nobody will pay any attention to Chinese ideas. If you wouldn't use the label, other people wouldn't even see them. So you need to use the label. That's the only reason I use the name "Chinese school." I don't think it's entirely correct to use a nation's name for an intellectual school, but if one uses it, it is more as a symbol to express something, there is no harm in that. Although there is no obvious coherence let alone unanimity among Chinese IR scholars, it may be necessary at this stage to speak of it in this way.

And what is a Chinese school as an idea? Nobody can use only the resources of your own tradition to establish a school nowadays. You cannot separate yourself like that. That's why I don't agree with Professor Zhao Tingyang who claims to draw solely from Chinese traditions. Even his work is not pure in the end! Yet on the other end, I don't agree with Professor Yan Xuetong either, as I don't think that IR Theory is always universal. It should attain some degree of universality, but locality, the local practices, are important. The Chinese have debated for over one hundred years the thought *zhongxue wei ti*, *xixue wei yong*(中学为体,西学为用)—"Chinese learning as the essence; western learning as the practical means." But I am always against that, so I wrote a short article entitled *shijie wei ti*, *quanqiu wei yong*(世界为体,全球为用)—"the world as the essence, the globe as the platform for practice." This has only been published in Chinese. That is, I continue with my idea of a global vision—even in establishing the Chinese school of IR, you cannot avoid using a lot of things you learn from the western theorizing, approaches, and their ideas, their concepts, yet at the same time you need a modern, contemporary reinterpretation of traditional Chinese narratives. If you don't have this, then you continue to be western. If you have this, then you may add some value to the western thought. So that's what I'm thinking about.

Qin Yaqing is Executive Vice President and Professor of International Studies of China Foreign Affairs University; Vice-president of China National Association for International Studies; and China Country Coordinator for the Network of East Asia Think Tanks (NEAT). He was on the resource team for the UN High Panel for Challenges, Threats, and Changes (2003) *and worked as Special Assistant to the Chinese Eminent Person, China-ASEAN Eminent Persons Group* (2005). *He served as member of the editorial board of Global Governance and sits on the international advisory board for the policy analysis series of the West-East Center, USA, and he got his Ph. D. in Political Science at the University of Missouri-Columbia, USA and received training in international economy at the Antwerp University, Belgium. Qin has published extensively*, *including translated IR classics such as Twenty Years' Crisis*, *Social Theory of International Politics*, *and Perception and Misperception in International Politics.*

原载 *Theory Talks*, http://theory-talks.org/2011/11/theory-talk-45.html (30-11.2011)

An Accidental (Chinese) International Relations Theorist

Qin Yaqing (with David Blaney and Arlene B. Tickner)

Qin Yaqing is one of China's preeminent scholars of International Relations (IR). He may be best known in North America and Europe for his essay, "Why Is There No Chinese International Relations Theory?" (Qin 2007), where he explores the state of Chinese international relations and explains his ambivalence about the idea of national schools of IR (see also Creutzfeldt 2011). Dr. Qin agreed to be interviewed about his path to international relations theory (IRT). His responses to sixteen questions ran to nearly 13,000 words. We have reorganized his answers somewhat, edited for idiom and word count, and provided a few framing comments at the outset of each section. We appreciate the time and care he put into his responses.

Qin has spent the last decade or so rethinking his intellectual training in the United States via an engagement with China's philosophical tradition, historical studies of the Chinese international system, and sociological and psychological studies of relations and process. He is working to systematize a processual constructivism that has partial roots in Chinese thought and culture but also contributes to global IRT. He hopes his efforts will help inspire other scholars from China to think of their work as contributions to a global conversation about how politics works and how it should work.

An Accidental IR Theorist

Qin began his career as an English instructor and translator. He describes the chance events that led him to IR.

I began to learn English when I was employed as a teacher in a middle school in Shandong, my home province. I became a college student in 1977 thanks to the reopening of China's universities. My formal training in the English language began then, but it was more by chance than by choice. During the years I studied English, my childhood interest in literature came back and I greedily devoured master works in both Chinese and English. I was determined to study literature, but again chance led me down a different path.

I was assigned to work at China Foreign Affairs University (CFAU; then called Foreign Affairs College) to teach English. In 1986, the Asia Foundation provided funding to sponsor a young faculty member to study international relations in the United States, and I was chosen simply because of my high TOEFL score. I hesitated, but decided to go, for opportunities were rare for my generation. The Asia Foundation landed me at the University of Missouri-Columbia as a Master's student and I began my formal training in political science, though I had little interest in or knowledge of this very strange discipline. I liked the challenge, although I didn't quite like the discipline. When I completed my MA, I came back to CFAU to resume teaching English as a career.

I didn't develop any interest in IR until I began my Ph.D., when the University of Missouri offered me a scholarship to continue my studies. At the beginning I wanted to focus on American politics. Since I was in the United States, I thought I'd better study American politics because the U.S. was seen as the most developed country and China needed to catch up. But I also had an intuition that China would be involved increasingly in world affairs after long years of isolation, especially following Deng Xiaoping's southern tour in 1992. Also IR was more relevant to teaching at my home university. Finally, I decided to take IR as the field for my dissertation. The more I read, the more I was fascinated by the ever-changing world. I felt that it was time for me to seriously study political science.

Studying at the University of Missouri helped me in several ways. It gave me systematic training in classical political theory, from Aristotle to the present, that made me not only fairly familiar with western traditions of political thought, but also interested in the question of how politics works and how it should work. This same interest, in addition to my comprehensive examinations, led me to read the literature in international relations. The extensive reading I did became sources for me later as I compared how the Chinese saints discussed similar topics during China's long dynastic history. But the University of Missouri emphasized quantitative and computing methods. Although my high school years were largely squandered because of the Cultural Revolution, I had liked mathematics a lot. For the methodology requirement, I chose statistics: I enjoyed it and few in China used statistical models for IR research at that time.

Kenneth Waltz, in particular, fascinated me for his "scientific-ness." His work *Theory of International Politics* was so lucid and so well structured, locating all the old IR concepts like power and polarity into such a neat array at the systemic level, that he reminded me from time to time of Isaac Newton and Galileo. "Scientific" hypotheses are so readily derived from his theory and testing is also easier to do. At that time, China had just opened and many (I was one of them) felt that one of the country's most serious problems was that it was not "scientific" enough. Science had a spontaneous attraction for me. That I decided to use statistical analysis for my dissertation was partly because it seemed able to test hypotheses derived from Waltz's structural realism. In addition, a meticulous perusal of Waltz at that time helped me to feel the similarity between him and other American scholars developing theories at the systemic level, such as Keohane and Wendt, in terms of their way of theorizing and reasoning. I do sense a deep texture and delicate tone to "American IRT."

My dissertation, "Staying on Top: Hegemonic Maintenance and US Choice of Sides in International Armed Conflicts Behavior, 1945—1989," used structural realism as the theoretical framework. Based upon the assumption that the structure of the international system helps to shape state behavior, I posit that the fundamental national interest of an established hegemon during the entire period of the hegemony is to maintain its hegemonic status and that reducing the power of challengers and potential challengers is an important strategy for such maintenance. A hegemon's choice of sides should reflect and serve this strategy. At the regional level, for example, the hegemon would tend to support the enemy of the most powerful regional state if a conflict should occur between them.

Wendt and Reactions to Waltz

Qin is noted as the translator of Wendt's Social Theory of International Political and a major proponent of "constructivism" in the Chinese IR academy, including producing a key text on the topic (Qin 2000). We asked him about his reception of Wendt and his move away from the structural realist framework that grounded his dissertation.

I read some of Wendt's articles when I was a Ph.D. student, including "The Agent-Structure Problem in International Relations" and "Anarchy is What States Make of it." I sensed something quite new and dynamic in this work, but I did not take it seriously, mainly because of the overwhelming influence of Waltz.

I developed greater interest after I came back to resume teaching in China, when I began to doubt some of the realist assumptions about politics in general and international politics in particular. I remember the oral defense of a Chinese Ph. D. candidate in the mid-1990s, who argued that in IR there was no room for ethics. This was an experience I can never forget. Classical realists like Carr, though placing a lot of emphasis on power and interest, still argued for morality and for human roles in international relations. Why did people understand international politics as something that completely discards ethics and human agency?

My thinking was reflected in a presentation I made when attending a conference at Harvard to celebrate the 50th anniversary of the Fairbank Center. I spoke about what I called the "Waltzianization" of international politics, which, despite its great contribution to the study of international relations, deprives the discipline of its human face: actors become puppets, lifeless billiard balls moved by outside forces. The structural determinism is neat and perhaps "scientific," but it is not human. With Waltzianization, we see a dead world.

I had observed China for years by then, and found that much did not fit into the structural realist framework. In 1978, the structure of the international system did not change much, the US-USSR bipolarity seemed to be quite steady, and the Cold War continued, but China changed dramatically and its foreign relations did so accordingly. It became much less hawkish, stopped supporting communist guerrillas in foreign countries and improved relations with most western countries. What had changed was not the structure of the international system, but China itself. These thoughts are reflected in my paper "Identity, Security Interest, and

Strategic Culture: Three Hypotheses about China's Relations with International System," which argues that conscious re-identification of the self in relation to the other causes changes in relations with the other (Qin 2003).

Wendt's discussion of agency had inspired me. I began to re-read some of Wendt's articles, including some new ones he had published such as "Constructing International Politics," and "On Construction and Causation in International Relations." (Wendt 1995, 1998) It happened that Allen Carlson, one of Wendt's Ph.D. students, came to CFAU as a foreign teacher. We discussed Wendt's forthcoming work, *Social Theory of International Politics*. I felt some of the ideas were similar to traditional Chinese philosophical thinking, which stresses change, mutual interaction and human agency. He told me that Wendt was finishing his work, which was to be published by Cambridge University Press. I offered to translate the book and Wendt sent his manuscript to me before it was officially published in 1999. I spent a whole year doing the translation. In 2000 the Chinese edition came out, one year after its publication in English.

Wendtian constructivism inspired me to think of international politics as non-static, human and full of dynamic interactions. Wendt's world is not simply made of cold matter, but one where human activities are interwoven. Whether the world is a jungle or a paradise depends very much on what we do and what we do together.

In addition, Wendt's effort to create a systemic theory impressed me. Rationalistic theories, typically structural realism and neoliberal institutionalism, tend to assume a static matter-like reality at the beginning and based upon that they set off to develop a macro-level theory. Changing this matter-like reality to a human construction is a revolution. To see a world as more social than systemic reflects this aspect of the story. Furthermore, it seems to me that a social constructivist theory can better explain China's relations with the world as well as the relations between the mainland of China and Taiwan, which in the final analysis are a question of identity—identity adjusting and redefining. I coined the term "the century identity puzzle" to explain China's tortuous road since 1840 to identify itself in an international system totally strange to it (Qin 2010).

Wendt's shortcoming, in my opinion, is that he has returned to Waltz in his efforts to establish a meta-theory of international politics. In his monumental work, *Social Theory of International Politics*, structure prevails. This structure of ideas, or cultures as he calls it, sounds highly deterministic. Structure shapes identity: the Hobbesian culture makes states enemies, the Lockean rivals, and the Kantian friends. The role of the agents and the idea of states making the culture seem to be "necessarily" neglected for the purpose of establishing a meta-theory of international politics at the systemic level. Most of the familiar Waltzian assumptions, and more importantly the Waltzian logic of reasoning, have come back even though the structure has been redefined as a distribution of ideas rather than a distribution of material capabilities.

By going Waltzian, Wendt successfully established a meta-theory, but at a big cost. It misses the "process" itself. In Wendt's earlier works, no matter whether it is the structure-agent problem, or the states as actors making the culture of the international system, it was natural to lay emphasis on processes, for these are dynamic and central to international relations. But a meta-theory requires a meta-structure and scientific reasoning needs a rigorous, linear and causal relationship in which the structure and agent in simple interaction would suffice. What is sacrificed is the process without which nothing could happen. Because of this necessary neglect, a would-be dynamic theory becomes very much a static theory again.

Process and Relationality

Qin emphasizes process and relationality in his work. He notes his debts to North American and European scholars but stresses the roots of his work in traditional Chinese philosophy and the striking insights about the world that become possible.

When I was pursuing this question of process, I searched the mainstream IR literature, but found nothing satisfying. For example, Joseph Nye discussed process in his *Understanding International Conflict* but defined it simply as the regular pattern of interaction between international actors. None of the literature takes process as ontologically significant. It seems to me that process is not something mainstream IRT scholars ever have in mind. In fact, I believe that the three mainstream International Relations theories—structural realism, neoliberal institutionalism, and structural constructivism—have all missed an important dimension: the study of processes in the international system and of complex relations in international society.

What I have in mind about process differs qualitatively from what is described in the mainstream IR literature. It is the most important intangible factor and cannot be materialized into a mere platform or background on which agents play or inter-play. It is of itself and by itself. It produces its own dynamics through a movement of complex relations.

In my first paper along this line of thinking, I developed a model of *Processual Constructivism* by incorporating and conceptualizing two key Chinese ideas—processes and relations (Qin 2009). "Process" refers to relations in motion: it stands on its own, has its own dynamics and plays a crucial role in international relations, as in all human relations. The core of process, then, is relations. With relationality as its hard core, processual constructivism holds that international actors form their identities and produce international power through relational networking. Thus, processual constructivism focuses on processes, on complex relations and on interactive practices among agents, emphasizing the independent ontology of social processes that play a meaningful role in constructing international norms and state identities.

The relationality argument holds that it is not discrete individuals, but relations among social members that are the most meaningful focus/unit of analysis. Western IR may have "relations" in the term, but unfortunately pays little attention to relations among actors. If "rationality," rooted in individuality, has been a key concept for Western society, then its counterpart in Chinese society is "relationality." Not surprisingly, the assumption that relationality has ontological significance sounds quite natural to me. Society is a multi-dimensional complex of relations. Confucianism, for example, starts with relations in society and defines social groups and political order in terms of relationships. For Confucian thought, "relations" are the most significant content of social life and the hub of all social activity. Therefore, relationality, i.e. the concept of relations as the hub of human activity in society, makes up the core of social knowledge and social life.

The key to the study of society is to find the critical linking pivots in this complex and this requires a general social theory of relationality with social relations as the core and as the primary unit of analysis. I draw on psychologist D. Y. F. Ho's "Relational Orientation and Methodological Relationalism," (Ho 1991; see also Chiu 1998) to explore the fundamental significance of the "relational orientation." According to Ho, the facts and principles of social phenomena are derived from relations, groups and agencies made up of individuals but independent of individual properties. Facts about individuals must be examined and understood in social networks, which are the combination of all sorts of relations.

Relations are the critical pivot in a complex multi-dimensional society. For example, traditional Chinese ways of thinking pay great attention to the overall environment, mainly the social context composed by relations (also the social and natural contexts and their relations). The environment itself is a complex relational system, a relational web that looks like a map of the main and collateral channels in the human body pictured by traditional Chinese medicine, through which vital energy circulates and along which the acupuncture points are distributed.

As the analogy to acupuncture suggests, the logic of "relationality" is quite different from the logic of causation dominant in mainstream IR. The logic of causation assumes that things or variables must be separated from each other and causation then established between these independent variables. In the relational way of thinking, however, we must understand the relational web as a whole. In other words, things or "variables" change and co-change along with change in their relations; individuals in the web are subject to changes in the relational web as a whole; and similarly interaction among individuals can have an impact on the web. This is perhaps why western social scientists try to control variables that may interfere so as to focus their research on the causally connected variables, while Chinese scholars tend to include as many variables as possible in dealing with a subject of research, so as to figure out the overall relationships among them.

The implications for IR become clearer when we grasp the relationality involved in the *yin-yang* relationship, articulated in *The Book of Changes* but extensively discussed by Chinese philosophy, and the *Zhongyong* (or middle-way) dialectics that explain the continuous mediation of *yin* and *yang*. Let me explain a little bit about each.

Chinese dialectics, or *Zhongyong*, provides the epistemological essence for my processual constructivist theory. Like Hegelian dialectics, it sees oppositions but, unlike Hegelian dialectics, it assumes that relations between the two poles are non-conflictual and tend to co-evolve into a harmonious synthesis. In this synthesis a new form of life emerges that contains elements of both poles but that are not reduceable to either (like parents and children). When seen via *Zhongyong*, relationality is a processual construction, emphasizing the connectivity of everything in the universe and the complexity of relations among them. Thus, the relation of relations, or the meta-relationship, is that between *yin* and *yang*.

In this sense, Chinese dialectics understands the meta-relationship of *yin* and *yang* as in fundamental harmony, the interaction between them as the process of harmonization, and harmony as realizable through *Zhongyong* or the mutually inclusive way. It provides a fundamental understanding of cooperation and conflict between two opposites. Chinese dialectics does not assume the non-existence of conflict. Rather it takes conflict as a progressive step towards harmony as the highest form of life. This is in contrast to an "entity approach," like that which dominates western social science (see Emirbayer 1997) and U.S. IR (see Jackson and Nexon 1999; Jackson 2006). An entity approach places things into opposite categories as discrete entities with fixed properties, and sees them as conflictual in nature, at least until one conquers or eliminates the other. The entity approach is quite pessimistic about the formation of a global society. But it is limited, for Chinese dialectics allow room for a "process approach" that relates things in an ongoing process, moving toward harmony through combining opposites and thwarting conflict. It is not thesis and anti-thesis; rather it is the co-theses, or *yin* and *yang* that make new syntheses through a harmonizing process. Norms and institutions are like co-theses, different at the beginning, interacting through a harmonizing process and integrating into a new synthesis. So do cultures, co-evolving without mutual elimination and forming new life while keeping properties of each. Norms and institutions of the West and East meet, interact and evolve into new forms that are inclusive and more robust. It is here that I use Chinese *Zhongyong* dialectics to argue for a possible pluralism of norms reflected in a "unity in diversity." It is not only possible but desirable, for example, to have norms and values from different cultures because civilizations co-evolve and produce a richer body of norms for a global society. This contrasts with the English school, which as I understand it, requires the homogeneity of norms to inform and form a world society (Buzan 2010).

Relationality is the core of my approach, the *yin-yang* relationship represents the epistomological lens through which relations in general can be interpreted, and the Chinese dialectics of co-evolution is the way of understanding the dynamic process of life formation and reformation.

A Chinese IR?

Given his criticisms of the IR he had received from the U.S. and his efforts to incorporate elements of traditional Chinese thinking into his work, we asked Qin to speak more about the possibilities and challenges of developing a Chinese alternative.

It is indeed difficult to create a Chinese IR. In my article (Qin 2007), I discuss three causes of this difficulty: (1) the lack of a notion of international-ness in China; (2) the current dominance of Western scholarship; and (3) the lack of a theoretical core to Chinese scholarship. I will speak about the first two here, since I have pointed above to the possibility of locating a theoretical core drawing from Chinese culture and thought.

The first is the lack of awareness of "international-ness" in China. The traditional Chinese mind had no room for the concept of "international-ness," for, as I have explored above, there was no structure in which the ego stood simply against the other. The world or the state in Chinese culture was not a clearly defined entity with finite boundaries. Rather, it referred to everything under heaven and on the earth. Space was organized with a center and a gradually distancing periphery. Similarly, the Chinese saw a continuous history, with the past and future distancing gradually from the present, backwards and forward. If you stand on top of the hill in the Imperial Garden behind the Forbidden City, you see a square-shaped complex of buildings surrounded by a larger square, surrounded by an even larger square and so on. This is Chinese understanding of the world, infinite in space and time, with the emperor's palace at the center. It was complete and whole, without dichotomous opposites.

Further, Chinese intellectuals did not embrace theories of the western type that set ego against the other. When a Chinese philosopher, Prof. Feng Youlan, discussed why there was no scientific theory in China in the 1940s, he argued that the Chinese did not need science: the history of the West is one of conquering nature, while the history of China centers on conquering the self, or the heart/mind. Conquering nature, you need science and technology, while conquering yourself requires self cultivation and morality. Western IRT, especially in the American mainstream, shows the clear birthmark of this idea of natural science and an eagerness to imitate and catch up with natural science theories. The Chinese, by contrast, have no tradition of such theorizing.

The second is the dominance of western IR. Traditional intellectual resources are rich, but the failure of modernization when China met the West in the mid- and late 19th century broke the genealogy of Chinese intellectual culture. The amazing power of the West, the sudden realization by the Chinese of their backwardness and the changed ideas about their country, their traditions and themselves, together created an unbridgeable fault-line in Chinese intellectual history.

Successive efforts, such as the 1898 Reform, the 1911 Revolution, and the 1919 May Fourth Movement led the Chinese to the stage where they questioned a culture centered on Confucianism. Two major camps emerged: one, the Chinese-learning School, represented by modern Neo-Confucianists, set itself in opposition to the second, the western-learning School. Over time, the western-learning School got the upper hand, becoming the dominant discourse in China. In this respect, China began its modernization process by engaging in international interactions and through forced teaching by the Westphalian Westerner of the concepts of international-ness and sovereignty. In such a context, it is hard to establish any distinct Chinese school of IR theory or any other Chinese social theory.

This situation has continued to the present, though the years from 1949 to 1979 were partially discontinuous. Since 1979, this earlier process resumed and learning from the West has become a major driver of the Chinese IR community. It so happened that this coincided with the Waltzianization of IRT in the United States. It was very easy for Chinese scholars, including me, to accept Waltz—because he is so "scientific." Interacting with the West had long taught the Chinese that to be scientific is to be universally correct. Thus, by the early- and mid-1990s, students returning from the U.S. introduced Western IRT classics and we saw the Waltzinization of Chinese IRT. American mainstream theories were often accepted as distinctly scientific and universal. Many Chinese scholars still feel there is no need to develop a distinctive non-western theory. This was perhaps a stage both natural and necessary for the development of the social sciences in China. However, the question now is whether we can go beyond the dominance of the West.

But we see some signs of change. Mainly two distinctive ways of interpreting world affairs have been emerging. The first is the traditional strand in the process of constructing Chinese social theory. Over the past 10 years, IR-relevant research drawing on classic Chinese thinkers has been done by Chinese philosophers and cultural scholars. Practically, these authors discuss how to govern the world with Confucian thinking on harmony (or *Tianxia*) and how to address global issues for which western theory seems to be of little relevance. Theoretically, this work tries to revive Confucian thought and modes of governance to establish *Tianxia* institutions. Zhao Tingyang's *Tianxia* theory is representative of this trend. Zhao (2005, 2006) argues that the world governed by the current state system is a "non-world," while Confucian *Tianxia* institutions are world institutions in the real sense of the word, and therefore constitute the prerequisites for establishing a global system and solving global problems.

There is also an integrative strand of thinking to learn from Western IRT in a reflective and critical way, and conceptualize and theorize on Chinese cultures and social experiences for constructing IRT and for making conceptual breakthroughs that contribute to but differ from the mainstream. Informed by both Chinese and western thought, this integrative strand has mainly made efforts to use core Chinese concepts to construct a theoretical system and Chinese experiences to enrich established IRT. I place my own work in this category, for I have tried to grasp important ideas such as relationality, conceptualize them in a reasoning process somewhat familiar to western theorizing, and develop this as a basis for a system of ideas and arguments. It may look like a hybrid, for I don't believe that in today's world anything can be said to be "pure," and knowledge from the globe and for the globe is what we should pursue and produce.

Despite this work, I have not yet offered a course in Chinese IR at CFAU and we have not altered the curriculum as of yet. But for courses at the graduate level, it is very much dependent on the professor. I have included articles and books related to what can be reasonably included in the category of Chinese IRT, including both indigenous scholars and those in other countries. Moreover, a Chinese school of IRT is not exclusively composed of Chinese scholars. It may include scholars of many countries who write in this vein. By using the term "a Chinese School of IRT," I do not want to make the case for national approaches to IR theory, but I do want to explore valuable Chinese ideas developed over years of practices in a cultural community to enrich the IRT treasury in the world.

For example, it is possible to assign Zhao Tingyang's *Tianxia* theory, which I have already mentioned. The *Tianxia* idea comes mostly from the governing practice of the Zhou Dynasty, a pre-Qin dynasty with a feudal nature. Scholars studying and teaching in the United States have been quite useful too. I have included in my syllabus works by Victoria Tin-bor Hui (2005), of Chinese origin, who compares the pre-Qin Chinese international system and the early European international system. She finds that there are similarities between the pre-Qin and the pre-Westphalian systems, but in China the system ended in a unitary empire while in Europe a system of states. I also include the work of the Korean scholar David Kang (2007), who compares the European system and the Tribute system and finds that the Tribute system was managed and governed very differently, and the balance of power theory simply did not apply here in this Asian international system. And I use Erik Ringmar, whose "Performing International Systems" (2012) compares the Sino-centric, the Tokugawa, and the Westphalian systems, finding that they framed, scripted and performed in a very different way.

What I see from these authors' research is that different cultural and historical settings lead to distinct practices and that theories such as balance of power, derived from the Westphalian system and applicable to it—and so admired by Waltz, who converts it from an art of strategists to an objective reality in the system—may well explain behavior in one cultural setting but fail to in another.

Translation, Pluralism and Thoughts on the Future of IR in China/the World

Qin, as he will explain, has been involved in the translation of many key western works of IR into Chinese. He links this demanding part of his work to his commitment to pluralism in IR and his vision of the future of IR.

I like translation. I developed this "hobby" during my college years, when I was doing some translation simply to improve my language skills. China was beginning its exciting reform and classic western authors, like Plato, Locke, Hobbes, and Smith, were available. Foreign literature, such as Balzac, Hugo, Tolstoy, Mark Twain, etc., was also open to students. I read those works first in Chinese, and began to especially admire a person named Yan Fu. He was among the first enlightenment scholars in China at the beginning of the 19th century and translated many western classics into Chinese, when the first wave of western learning was sweeping over China. His purpose was not only to translate the classics, but also to inspire the then China, which was backward in technology and institutions. Translation for him was not a mere means for spreading knowledge, but also an inspiration for human good.

I started with literature. For a certain period, I was fascinated by the theater of the absurd, especially Harold Pinter. I also collaborated with my wife in translating some American writers like Kate Chopin. I have done translations of literature during the past three decades from time to time and it has become a hobby as some of my friends practice calligraphy.

I decided to translate IR classics because of my shock, already mentioned, when a Ph. D. candidate argued that the discipline allowed no room for ethics and morality. I noticed that almost all the citations were Niebuhr and Morgenthau and I asked whether other classics had been read. The answer was that there were no other IR classics to be found. I understood that it was not "no other IR classics," but no other classics in Chinese. Most Chinese students in IR did not read English with ease so their sources were limited to the few already translated works.

I have always feared the domination of one single discourse, especially from my reading of the history of the Third Reich. I felt somewhat embarrassed, and even guilty, to see that Chinese students had very limited access to the rich body of IR literature and therefore little choice when they did their research. So I decided to translate classic works, including a variety of strands of thought. I serve on the editorial board of an important series of translations by three major presses: Shanghai People's Publishing House, World Affairs Press and Peking University Press. I have initiated a series with Peking University Press devoted mainly but not exclusively to liberalism; worked jointly with the World Affairs Press for a series on other schools, such as the English School; and helped Shanghai People's Publishing House select IR works for translation. Either by myself or collaborating with my colleagues and students, I have translated a dozen of IRT books with different theoretical orientations, including E.H. Carr, *Twenty Years' Crisis*, Robert Jervis, *Perception and Misperception in International Politics*, Katzenstein, Keohane, and Krasner, eds., *Exploration and Contestation in the Study of World Politics*, Katzenstein, *A World of Regions*, and Katzenstein, *Civilizations in World Politics.* Most recently, I have just finished Sil and Katzenstein, *Beyond Paradigms.*

The process of translating classics provides me with a good

opportunity to learn from many excellent works, for you have to chew and digest, rather than only swallow what is in the original to learn and reflect on the ideas of the authors. In addition, you translate from different schools of thought, drawing nutrition from each of them. Most of my critical ideas surface when I am doing translation. Translation is a game involving two languages and two cultures and consciously or subconsciously you ask yourself whether an argument is valid or relevant in your own culture. Balance of power, for example, is often used as a tactical policy, but has never appeared to be a natural and "objective" reality in the China-centered international system. It has never been the state of nature. Also, rules are crucially important for western IR scholars, but when rules meet relations in the Chinese setting, often relations win, even though rules are presented by western scholars as "objective" social facts. Such comparisons/tensions naturally crop up when you are translating. I take translation as both a learning and a criticizing process and feel intellectually rewarded even though translating classical works is extremely time consuming.

Doing translations has had several important impacts on me. First, it reminds me that theories are pluralistic. Even among western scholars the differences are many, and they enrich rather than damage the IRT treasure house. Second, systemization of ideas is important. Most of the traditional Chinese ideas have not been systemized in a similar way and therefore they have remained as mere ideas rather than theories. Third, diversity is beauty. The more you translate, the more you find the beauty in each and in comparison. The perspectives, the angles of analysis and the ways of argumentation show that human potentials are infinite.

When Qin talks about the challenges for IR in China/the world, the influence of his work as a translator is clear.

Contemporary Chinese IR scholars do basically two types of research: one is more knowledge-oriented, and the other more policy-oriented. Most Chinese IR scholars do the latter. I want to discuss here the next steps for the former group of Chinese IR scholars.

Firstly, continued learning is of course an important step. There has been an argument in China's IR community between those who believe that China has learnt from the West for 30 years and it is time to stop that type of learning and to create something of our own and those who believe that China still has a long way to go and that the primary effort for Chinese IR scholars is to learn from the best work, wherever it is from. This argument structures the learning process into a familiar dichotomy, but learning and creating are always complementary. This is more in line with Chinese dialectics: creating goes hand in hand with learning.

More specifically, China's IR is still a very young discipline. I argue that it started in its true sense only after the reform and opening up, informed by works imported and translated mainly from the West. So far most of the mainstream American IR classics have been translated, but works of other strands, from other regions or other cultures are rarely seen. To learn from various sources enriches thinking and enlarges vision, preparing for creative work. To discover and learn from the non-mainstream seems to be crucially important.

Secondly, Chinese IR scholars should make more effort to reinterpret Chinese classic cultural and philosophical ideas. These are valuable resources and can lead to a more prosperous and dynamic process of knowledge production. It is a misunderstanding that exploring Chinese classical thinking is equivalent to replacing and displacing western ideas and IRT. Its purpose is to enrich human knowledge in general and IR thinking in particular. While recognizing that western ideas have made great contributions to

IRT, we also need to see what Chinese civilization can contribute in terms of knowledge production. When Kofi Annan organized the civilizational dialogue, for example, Confucianism had a lot to contribute. Also, this effort should not be a mere reuse of old ideas. It needs to go deep in the way of thinking behind the ideas, to understand the way of life, or the daily practices that have produced these ideas, and to reproduce them by going beyond those thoughts in order to be relevant to today's world.

Third, we need to make serious efforts to theorize and conceptualize. Confucianism and other "-isms" in the traditional Chinese context are mostly teachings for people to follow in their daily life. This is enough for self-cultivation, but not enough for contributing to the global knowledge edifice. Thus, it is necessary to theorize and conceptualize so that communication with the global IR community is enabled and facilitated. More contributions by Chinese scholars to journals abroad are important as part of this process.

The effect of this work is to work against the "only-ness" that Qin associates with claims of western IRT to scientific universality.

In order to oppose this "only-ness," we need to understand that different cultures and communities of practices should be encouraged to contribute to build IRT. How to pluralize the field? I think that since western IRT has dominated the discourse, it is necessary to bring back the marginalized, to pluralize the discourse and to globalize IRT knowledge. For Chinese scholars, it is therefore important to see what Chinese culture and practice can contribute.

To bring back the marginalized is to discuss IR in non-western settings. Comparative studies of international systems, for example, can provide interesting stories and narratives different from those of the Westphalian order. I mentioned Hui and Kang to illustrate the importance of such comparative studies. Once those histories are de-marginalized, IRT shall be greatly enriched.

To pluralize the IRT discourse requires us to make the effort to theorize ideas and concepts from other settings. At present the study of other international systems from the IR perspective is still at a very initial stage and theorizing about them is extremely inadequate. Efforts made by scholars from both the West and non-western countries should be encouraged so as to make IRT a genuine pluralistic discourse.

To globalize IRT knowledge is to realize a co-evolution of various IR theories so that we can have some kind of syntheses relevant to a globalizing world and politics in such a world. Institutions and rules designed for managing state-to-state relations, for example, may not work well in a world increasingly faced with transnational threats. Emergence of new countries such as China and India, that have long civilizational and cultural legacies, necessarily will bring their values into IRT. How to combine, complement and co-evolve in terms of knowledge production is the issue. Making IRT genuinely global is a formidable task.

I believe that ideas are born from human practices. Relations, for example, have occupied such a conspicuous position in the Chinese mind, from Confucius down to the present, because the every-day life and practices of the Chinese for millenniums have led them to this way of thinking. A predominantly agricultural society required people to be extremely careful about relations among themselves as well as between themselves and nature. Even Chinese *fengshui* (geomancy) is basically about the relations among various objects (people included) because of their relative positions. Once the idea has passed from generation to generation, it informs current ways of thinking even if the original society has very much disappeared. Thus, a foreigner who comes to China may learn among their first Chinese vocabulary the word "*guanxi*."

A theory that stands up only at the local level is of little significance, however. For a concept to evolve into a theory it needs some level of universality (though complete universality is impossible). Rationality, for example, is a key concept developed in western society, but with some universal application. Chinese are also egoists, in the sense that they work to realize their personal gains at a low cost. However, in a relational society, rationality is often defined in terms of relationality (Qin 2012). You are rational if you do business with a stranger in strict accordance with the contract, but you are "irrational" if you deal with your father or brother in the same way. We can use rationality to explain relational governance when a company's business is small because rule-based governance is costly; but once the business scale gets very large, we are puzzled to see that Chinese or Korean companies continue to use relational governance even though the cost of rule-based governance is lower. The way of thinking and therefore the way of behaving make it so.

Rationality and relationality are concepts from respective communities of cultures and practices, but at the same time they represent common features of human kind. A combination would be not only unavoidable but also desirable. For example, global governance has become a significant topic in international relations. However, research in the West has focused mainly on international institutions and regimes in which rationality dominates. Following regime studies initiated in the mid-1980s, the tradition of neoliberal institutionalism has been the dominant paradigm and rule-based governance has become almost the model in international relations studies. It emphasizes the importance of international rules, their functions and their implementation.

It is true that international rules are vital for governance, but rules are not omnipresent and rule-based governance is not the only model. Mainstream IR theorists have correctly argued the case for rule-based governance, but at the cost of ignoring alternatives. In economic and management studies, relational governance has been discussed and a relational governance model developed. It is meaningful to notice the value of relational governance, as has been clearly shown when firms in East Asia, including Japan, South Korea, and China, have been rising. However, those studies rely too heavily on transaction cost economics and are mainly informed by rational choice theory. They have noticed the phenomenon of relational governance, but failed to explain why it appears more in East Asia. In my article "Rule, Rules and Relations: Toward a Synthetic Approach to Global Governance" (2011), I try to bring in the cultural dimension, arguing that relational governance is not only a mere cost-benefit calculation. It is a more culturally oriented behavior, formed and developed out of practices over years in a cultural setting. It takes relationality as the key concept in society, relations as the basic unit of analysis and governance as a process of managing relations. Based upon these assumptions, it develops a model of relational governance, with morality-guided social trust as the key concept for good governance. A well governed international society must be a fiduciary society, which in turn rests upon human morality. It further argues that in international society rules are absolutely necessary, and management of relations is also greatly important. Rules and relations are not exclusively replaceable, but mutually complementary. Their combination, or a synthetic model of governance, is more effective and sustainable. In this way, emphasis on rules or relations depends very much on the local understanding, while combination of rules and relations must reflect a certain degree of universality.

I have used "the world as the base and the globe as the platform for practice" to express these ideas, when I gave a speech at the Ph. D. Forum run by China National Association of

International Studies to encourage Chinese IR Ph. D. students to have a global vision in their pursuit of knowledge. I entitled the speech as such because it was meant as a response to the continuing debate in Chinese social science circles, where some advocate "pure" Chinese thought, while others place emphasis on western learning.

There is a danger in this debate, that is, the belief in the superiority of one culture over others. It is particularly significant because there are enthusiastic advocates for a "restoration" of Chinese culture. While opposing the domination of western learning, I can also see that "restoration" has a dangerous tendency toward cultural chauvinism, to the extent that a restoration of Chinese cultural traditions would exclude values from other cultures. Indeed, there is a potential danger in any culture that takes its own values as the values, as universally applicable. This goes back to the "only-ness," which I have always feared. Whenever we engage in learning or knowledge production, we need to have the world in mind, that is, a world in plural. We cannot undervalue the significance of Chinese culture, or any other culture, but we cannot overvalue any culture to the extent that other cultures are marginalized and excluded.

References

Buzan, Barry (2010) "China in International Society: Is 'Peaceful Rise' Possible?" *The Chinese Journal of International Politics*, vol. 3, no. 1: 5-36.

Chiu, C. Y. (1998) "Collective Representations As a Metaconstruct: An Analysis Based on Methodological Relationalism," *Culture and Psychology*, 4 (3): 349-369.

Creutzfeldt, B. (2011) "Theory Talk no. 45: Qin Yaqing on Rules and Relations, Drinking Coffee and Tea, and a Chinese Approach to Global Governance," *Theory Talks*, http://theory-talks.org/2011/11/theory-talk-45.html (30-11. 2011).

Emirbayer, Mustafa (1997) "Manifesto for a Relational Sociology," *American Journal of Sociology*, 103(2): 281–317.

Ho, D.Y. F. (1991) "Relational Orientation and Methodological Relationalism," *Bulletin of the Hong Kong Psychological Society*, no. 26/27: 81–95.

Hui, Victoria Tin-bor (2005) *War and State Formation in Ancient China and Early Modern Europe*, Cambridge: Cambridge University Press.

Jackson, Patrick Thaddeus (2006) "Relational Constructivism: A War of Words," in Jennifer Sterling-Folker (ed.), *Making Sense of International Relations Theory*, Boulder and London: Lynne Rienner, pp. 139–155.

Jackson, Patrick Thaddeus and Daniel Nexon (1999) "Relations Before States: Substance, Process and the Study of World Politics," *European Journal of International Relations*, 5(3): 291–332.

Kang, David (2007) *China Rising: Peace, Power, and Order in East Asia*, New York: Columbia University Press.

Ringmar, Erik (2012) "Performing international systems: two Asian alternatives to the Westphalian order," *International Organization*, 66(1): 1–25.

Qin Yaqing (2012) *Relations and Processes*, Shanghai: Shanghai People's Publishing House.

Qin Yaqing (2011) "Rule, Rules, and Relations: Towards a Synthetic Approach to Governance," *Chinese Journal of International Politics*, 4(2): 117–145.

Qin Yaqing (2010) "International Society as Progress," *Chinese Journal of International Politics*, 9(2): 129–153.

Qin Yaqing (2009) "Relationality and Processual Constructivism: Bringing Chinese Ideas into International Relations Theory," *Social Sciences in China* 3 [http://en.cnki.com.cn/Article_en/CJFDTotal-ZSHK200903008.htm].

Qin, Yaqing (2007) "Why Is There No Chinese International Relations Theory?" *International Relations of the Asia-Pacific*, 7(3): 313–340.

Qin Yaqing (2000) "Translator's Forword to the Chinese Edition of Social Theory of International Politics," in *Social Theory of International Politics*, Shanghai: Shanghai People's Publishing House, pp. 1–38.

Qin, Yaqing (2003) "National Identity, Strategic Culture, and Security Interests: Three Hypotheses on the Interaction between China and International Society," *World Economics and Politics*, no. 1, 2003: 10–15.

Wendt, Alexander (2000) *Social Theory of International Politics* (Chinese edition), Shanghai: Shanghai People's Publishing House.

Wendt, Alexander (1998) "On Construction and Causation in Interntional Relations," *Review of International Studies*, 24, Sepcial Issue: 101–117.

Wendt, Alexander (1995) "Constructing International Politics," *International Security*,

20: 71-78.

Zhao, Tingyang (2005) *Tianxia* System (*All-Under-Heaven*): *Introduction to the Philosophy of World Institutions*, Nanjing: Jiangshu Higher Education Publishing House.

Zhao, Tingyang (2006) "Rethinking Empire from a Chinese Concept of 'All-under-Heaven'," *Social Identities*, 12(1): 29-41.

原载 Arlene B. Tickner and David Blaney, eds., *Claiming the International*, London and New York, Routledge, 2013

后　记

书成之际，心中充满感激之情。

感谢蔚文先生。我的第一本书就是他选中的。后来，我的书许多都是在上海人民出版社出版的。

感谢汀阳先生。他为这本小书封面作画，充满哲理和情趣。原先，我总是在《读书》杂志上欣赏他的画和画中的天地。

感谢身边的亲人和朋友，感谢我的老师、同学和学生。没有他们，也就没有“学”的纠结，也就没有了所有的愉悦和快乐。

附录中收入四篇采访文章，其中三篇是中外学者写的，一篇是一位作家写的。陆昕博士当时是《世界经济与政治》杂志的特约记者，也是一名在读的博士生，她的认真和执着使我感动。王凡是一位知名的传记作家，文章自然包含了更多的文学色彩。田亚明（B. Creutzfeldt）先生是一位德国学者，他走访了不同国家的国际关系学者，发表了《理论论坛》（*Theory Talk*）的系列文章，在国际学术界产生了影响。David Blaney 和 Arlene Tickner 是两位国际关系学者，Tickner 教授还是 Routledge 出版社的国际关系系列丛书《超越西方的世界化》（*Worlding beyond the West*）的两位主编之一。感谢他们的专门采访，也感谢他们允许我将文章收入这本集子之中。

2013 年 10 月 22 日于京西厂洼

再版后记

《敬畏学问》一书原本是多年来随手记下的一些零零星星的感悟。2013年有几个月比较空闲,将文章整理后交付格致出版社,次年出版。其后诸事繁多,几无闲暇,好几年便没有再写这样的文章了。2019年后时间充裕了一些,又陆续写了一点,但毕竟较前怠惰了许多,虽然还有写作的动念,但真正下笔时又迟缓下来。如今小书再版,选取近几年写的几篇纳入,以表示对读者的感谢。

再版之际,感谢格致出版社,感谢范蔚文先生一如既往的支持。特别感谢顾悦编辑,初版时她就是本书的责任编辑,提出过很多宝贵意见。当然,我也由衷地感谢一些多年的好友,无论初版还是再版,都得到了他们的推荐。尤其是这一次赵德亮先生专门为本书题写了书名。这些年来,他们不断鼓励、催促,甚至"怂恿"我再写一点这样的小文章,虽属饭后茶余,但也流露出一些真的性情。

2025年2月6日于即墨乐水居